언론인 출신 사회복지사가 쓴 복지현장 에세이

# 여기가 우리들의 친정 여!

언론인 출신 사회복지사가 쓴 복지현장 에세이

# 여기가 우리들의 친정 여!

2025년 1월 20일 초판 1쇄 인쇄 발행


지 은 이 ㅣ 권주만
펴 낸 이 ㅣ 박종래
펴 낸 곳 ㅣ 도서출판 명성서림

등록번호 ㅣ 301-2014-013
주    소 ㅣ 04625 서울시 중구 필동로 6 (2, 3층)
대표전화 ㅣ 02)2277-2800
팩    스 ㅣ 02)2277-8945
이 메 일 ㅣ msprint8944@naver.com

값 12,000원
ISBN 979-11-94200-60-4

언론인 출신 사회복지사가 쓴 복지현장 에세이

# 여기가 우리들의 친정 여!

권주만 지음

도서출판 명성서림

프롤로그

"아빠, 내년 칠순 잔치 어떻게 할까요?"

언젠가 작은아들이 나한테 한 질문이다. 한동안 아들의 얼굴을 보면서 이렇게 말했다. "왜, 형이 걱정하더냐?" 아들은 "아~뇨"하고서는 말을 흐렸다. 나는 그때까지 70이 되어간다는 사실의 무게를 느끼지 않고 살아왔다. 그런데 나이 들어간다는 사실을 스스로보다는 주변으로부터 느끼는 것 같다. 내 마음은 아직 20대처럼 움직이고 싶어 한다. 그렇게 20대처럼 많은 꿈을 꾸다가도 현실로 돌아와서는 스스로 약해지는 것을 느낀다. 점점 나이가 들어가는 것이다.

어릴 때부터 지켜본 우리 가족 중 70을 넘긴 남자 어른은 2~3명뿐이다. 이제 내가 그 대열에 들어서고 있다. 할아버지도 아버지도 거쳐 살아 내지 못한 70대를 가까이 접하고 있다. 얼마 전 애지중지하며 벽에 걸어두었던 액자를 바꿨다. 30여 년 전에 구입해서 벽에 걸어두었던 알루미늄 틀로된 액자는 세월이 흐르면서 겉면이 삭고 탈색이 돼서 흉했다. 그 액자를 내리고 나무로 된 액자에 할아버지와 할머니, 아버지와 어머니의 사진을 넣어 주방 앞 벽에 걸었다. 할아버지 할머니 사진을 액자에 넣으면서 할아버지의 멋진 모습을 상상했다. 두루마기와 갓

등 의관衣冠을 정제整齊하시고 하얀 고무신에 단장을 짚고 대문을 나서는 할아버지의 뒷모습은 어릴적 그렇게 멋질 수 없었다. 어느 주일날 할아버지가 의관을 정제하시고 교회 남자들 자리 중앙에 앉아 계신 모습은 큰 산을 교회 안에 옮겨 놓은 것처럼 환상적이고 아름다웠다.

할아버지는 65세, 할머니는 72세에 소천하셨다. 아버지는 52세, 어머니는 2년 전 4월 16일 88세에 소천 하셨으니 그리 멀지 않다. 1987년 황망하게 돌아가신 아버지를 생각하면 35년이 넘게 지났지만 지금도 안타깝다. 아버지는 목회를 꿈꿔오셨고 좋아하셨다. 그 좋아하시던 목회 생활을 좀 더 하시지 않고 왜 그리 황망히 가셨을까? 생각하면 할수록 안타깝다. 아버지는 열정적으로 목회생활을 하신지 15년 만에 하나님 나라로 가셨다. 그때 나이 52세 셨다.

내가 살아 낸 기간보다도 덜 사신 어른들을 보면서 더 살고 있어서 죄송하다는 생각이 든다. 지금 살아 계신다면 얼마나 좋아하셨을까 하는 생각도 든다. 한편으로는 건강하게 가족을 이끌며 살아가고 있는 장손자, 큰아들은 스스로 대견스럽고 자랑스러울 수도 있지 않을까? 이런저런 생각을 하면서 어른들께 이 책으로 장손자로서 큰아들로서 하나의 자국을 남기려 한다.

기자 시절 출입처에서 만났던 공무원들은 책을 한번 써보라고 자주 권했다. 그것은 내가 시작한 노인장기요양사업(주야간노인복지센터/목동중앙데이케어센터)에 대한 호기심 때문일 것이다. 내가 데이케어센터를 운영하는 것에 대해 매우 신기하게 생각했다. 기자 생활하던 사람이 은퇴 후에 데이케어센터를 운영하는 경우가 흔하지 않았기 때문이다. 그리고 기자는 목만 곧은 사람인데 장기요양기관에서 접하는 수급자

또는 보호자, 그리고 종사자들에게 나근나근하게 상대할 수 있을까 하는 우려 때문이기도 할 것이다. 사실 나도 처음에는 데이케어센터가 낯설었다. 같은 부처인 보건사회부와 보건복지부 출입기자 생활을 1992년과 2014년 두 차례나 했는데도 노유자老幼者 시설에 대한 이해가 전혀 없었다. 이상할지 모르지만 데이케어를 준비하면서 찾아간 부동산 사무실에서 노유자 시설에 대해 이해했고 그곳에서 밑그림도 그려졌다. 그러니 내 주변의 사람들이 얼마나 당혹스러웠을까?

이렇게 새롭게 시작한 일에 대해 써보려고 한다. 아니 편집 보완했다고 해야 정확할 것이다. 나는 센터를 운영하면서 발생하는 일들에 대해서 적당히 메모해 두었다. 이글들의 편 편을 모아 그리고 살을 붙여서 책을 내는 작업을 했다. 나이 들어가면서 치매를 두려워한다. 이것이 내가 시작한 일에 대해서 관심이 큰 이유다. 나는 2015년 12월부터 서울시 양천구 목3동에 "목동중앙데이케어센터"를 세워서 9년째 운영하고 있고 이제 10년으로 들어선다. 언론인 생활과는 전혀 다른 영역에 몸을 담았다. 9년 하면 짧다면 짧고 길다면 길다. 10년이면 강산이 변한다고 하지 않던가? 센터에서 겪고 느꼈던 일들을 시간이 날 때마다 정리해 두었다. 어떻든 기자란 직역에서 30년 가까이 일한 것이 이 책의 태동을 위한 기본이라고 할 수 있다. 관록貫祿이라고 할까? 노하우(know-how)가 쌓이고 코로나와 같은 암흑기를 이겨내면서 이제 조금씩 안정되어 가고 있다. 이제야 그동안 정리해 둔 것을 찾아 읽기 시작했고 정리해서 책을 냈다. 다소 성급한 면이 있었다.

친구로부터 소개받은 출판사를 통해 "여기가 우리들의 친정여..!"라는 제목으로 출판했다. 하지만 너무 엉성했다. 내 실수였다. 좀 꼼꼼하게 정리하고 편집했어야 했는데 너무 성급했다는 생각이 들어 수정본을 내려고 한다. 별것 아니란 생각도 할 수 있겠지만 나로서는 중요한 일이다. 주요 내용은 센터를 세우기 위해 건물을 찾아다녔던 일들, 센터를 세우고 이용자인 어르신들을 모으기 위해 뛰었던 일, 센터를 운영하면서 있었던 입소 어르신들의 다양한 사건들, 어르신들 사이에서 있었던 에피소드(Episode) 등을 정리했다. 그리고 퇴직 후를 위한 나름의 준비 과정을 기록했다.

돌이켜보면 데이케어센터는 백지상태에서 시작한 도전이었다. 하지만 실패해서는 절대로 안 되고 수용할 수도 없는 일이었다. 어르신들에 대한 돌봄사업은 나로서는 다소 무모했고 저돌적이었음을 고백한다. 많은 시행착오도 있었다. 그때마다 먼저 시작한 센터장들을 찾아가서 상담을 청했다. 바쁜 와중에도 마다하지 않고 나의 청을 들어주고 친절하게 자신의 경험을 들려주었던 양천과 강서 지역 동업자들에게 감사를 드린다. 시간이 지나면서 나한테 찾아와서 조언을 부탁한 사람들도 있었다. 나는 이것저것 따지지 말고 앞만 보고 나가라고 조언해 주었다. 지엽적인 것들을 너무 고려하다 보면 되는 일이 없었다. 생각해 보면 그것이 정답이다. 그로 인해 빚어지는 부작용은 대부분 감당할 수 있는 것들이었다. 정답은 없다. 앞만 보고 어르신들의 안전과 건강에만 초점을 맞춘 정진만이 최선이다.

현역 기자 시절 가장 큰 고민은 퇴직 후 어떻게 살아갈 것인가였다. 한국인들은 격을 많이 따진다. 현직의 기자라는 격을 퇴직 후 달라진 삶에서의 격을 어떻게 조화시킬 것 인가에 대한 나의 마음가짐이 중요했다. 그래서 나는 오직 목적만을 향해서 정진하는 것이 최선이라는 생각을 했다. 흐트러지면 자신뿐만 아니라 가족 등 주변 사람들까지도 불안해진다. 나는 매일 센터를 이용하는 어르신들과 종사하는 직원들에게 안전하고 건강한 센터로 인도해 달라고 기도한다. 이런 나를 위해 보이지 않는 곳에서 기도해 주시는 모든분들께 감사를 드린다.

처음 시작하는 사업에 힘이 됐던 것은 무엇보다도 가족들의 지지다. 항상 긍정적인 힘으로 버팀목이 되어 주셨던 숙부 권호경 목사님(사회복지법인 Life Of the Children 회장), 복지계 좋은 사람들을 연결해 준 아내 박노숙 관장(목동어르신복지관 관장, 한국노인복지관협회 회장), 미국에서 사회복지를 공부하고 교수로 일하고 있는 큰아들 순형이(사우스 플로리다대학교 사회복지학과 교수, 일리노이주립대 박사), 재미있다며 아빠 일에 동참한 작은아들 순걸이와 며느리 박진아, 보면 볼수록 기쁨을 주는 예쁜 손자 해준이와 해솔이.... 해준이와 해솔이는 옥상 텃밭을 놀이터로 생각한다. 매주 들러서 할아버지한테 심어달라고 주문한 복숭아, 사과, 키위, 대추, 감나무, 자두, 석류나무 사이를 뛰어다니면서 좋아라 한다. 얼마나 좋아했으면 해준이는 유치원 친구들과 옥상에서 노는 꿈을 꿨다고 한다. 해준이와 해솔이는 내 삶에 보배 중 보배다. 이 모든 것을 나누게 하시고 나에게 안겨주신 하나님께 감사드린다. 그리고 때마다 귓전을 울리는 할머니의 "항상 주 안에 있거라(Always be in the Lord)"하신 말씀을 가슴 저리게 기억합니다. 아멘!

# 차 례

## 2장 • 웃음은 보약이고 대화는 젊게 한다

## 3장 • 어머니, 마나님, 영감, 그리고 아들

## 4장 • 나는 은퇴 후를 이렇게 준비했다

## 5장 • 인연은 연민으로 남지 않는다

# 6장·사랑하기에 고민하고 흥분한다

1장

/

# 인지저하증/치매는

# 1. 기억력 저하와 인지력 저하는 다르다

　기억이란 단어를 떠올리면 우선적으로 머리가 좋은 사람을 떠 올린다. 머리 좋은 사람이 기억력이 좋다. 이런 가설이 맞을 수도 있고 그렇지 않을 수도 있다. 경험으로는 기억력이 좋다는 것은 반복적이고 지속적인 노력에 의한 학습에 있다. 학습된 기억은 평생을 간다. 삶을 통해서 반복된 경험도 기억처럼 우리 몸에 체화되어 있다. 그 기억이 좀 헝클어지면 우리는 당황한다. 그렇지 않아도 되는데 그 상황에 대해 심각해지는 사람도 있다. 아마도 그 후유증을 생각하기 때문일 것이다. 이를 소위 치매 공포라고 한다. 치매 공포로 인해서 치매 환자가 있어 경험한 가정과 그렇지 않은 가정의 경험치는 매우 다르다. 돌봄의 경험이 있는 사람과 그렇지 않은 경우, 요양보호사라는 직역을 통해 치매에 대해 직간접적으로 학습된 사람의 경우도 다르다.

　기억을 자주 잃어버리는 것을 망각이라고 한다. 그런데 일상생활 중에는 나이가 들어가면서 기억을 놓치고 살 때가 너무나도 많다. 허겁지겁 지하철을 타고서는 핸드폰을 찾는데 주머니엔 핸드폰이 아니라 TV 리모콘이 나온 적도 있다. 한 손에 핸드폰을 쥐고서는 핸드폰을 찾기 위해 온방을 헤집고 다니며 동분서주 한 일도 있었다. 잘 보관한다고 어디에 두었다는 것까지는 기억하는데 그 장소가 어디인지 몰라 헤맨 적이 한두 번이 아니다. 나는 지금도 몇 가지는 찾아내지 못하고 있다. 내가 치매인가 하고 자문하기도 했다..

망각과 치매는 다르다. 망각은 뇌의 자연스러운 하나의 기능이지만 치매처럼 인지기능이 저하되는 것이 아니다. 망각은 회복력이 있지만 치매는 인지기능의 저하로 인해 회복력이 없다. 망각은 자신을 되돌아 보는 계기가 되지만 치매는 제거할 수가 없다. 그래서 치매는 우리 몸에 도착하면 더 이상 진전되지 않도록 잘 관리하는 것이 최선이다. 치매가 우리 몸에 도착할 수 없도록 하는 방법은 우선은 긍정적이어야 하고 메 이지 말아야 하고 스스로 건강을 유지해야 한다. 몸과 마음을 건강하 게 유지해야 한다. 운동을 통해서 신체 단련을 열심히 해야 하지만 마 음의 병도 스스로 억제, 조정할 수 있는 역량을 겸비해야 한다.

베트남의 승려 틱낫한은 가슴안의 화를 들여다보고 정리하는 연습 을 반복적으로 해야 한다고 했다. 그래서 명상을 자주 해야 한다고 권 했다. 우리나라 사람에게만 있다는 화를 잘 관리해야 한다. 화는 우울 증의 원인이기도 하고 병을 더욱 깊은 질곡으로 끌고 가는 몹쓸 병인 중 하나다. 의료기술이 발전한 지금은 장수가 중요한 것이 아니라 건강 한 장수가 중요하다. 그래야 가정의 평화를 유지할 수 있다. 치매 환자 가 있는 가정에서 가족 간에 갈등이 심각한 상황으로 전환되는 것을 수없이 봐 왔다. 보호자들과 상담하는 과정에서 가정마다 특별한 갈등 을 본다. 다양한 가정들의 갈등을 보지만 도저히 이해할 수 없는 가정 들도 있다. 치매는 가정을 그리고 가족 간의 갈등을 조장하는 원인이기 도 하다. 치매는 인지기능이 저하되는 병이다. 그리고 치매의 원인은 아직 하나로 정의되지 않는다고 한다. 치매 즉 알츠하이머병은 원인을 알수 없는 신경퇴행성 질환이다. 여러 가지 병적인 상태가 모여진 신드롬(Syndrome)이라고 한다. 여러가지 원인들이 종합적으로 신경망 등에 영향을 미쳐서 인지력을 떨어지게 한다. 치매癡呆는 어리석다는 의미다. 하지만 치매癡呆라는 한자어는 질병을 제대로 설명하지 못하는 한자어라고 생각한다. 치매가 인지력 저하에서 온다는 점에서 "인지저하증"으로 부르는 것이 타당하다고 생각한다. 나는 이제부터 "인지저하증"이라고 부르려고 한다.

## 2. 인지저하증/치매

　무병장수無病長壽는 인간 최대의 꿈이다. 중국 천하를 통일한 진나라의 진시황은 불로초를 구하기 위해 동쪽 나라 조선을 찾았다는 전설 같은 이야기도 전해져 온다. 무병장수의 꿈은 지위의 고하, 빈부를 떠나 고금古今으로부터 인간의 오랜 소망이다. 장수長壽의 꿈은 조금씩 이뤄가고 있다. 인간의 수명은 현재 진시황 시대의 평균 연령에 비하면 비교할 수 없을 정도로 길어졌다. 장수 욕망에 대한 한계를 향해 무던히 노력한 결과라고 생각한다.

　하지만 오래 사는 것도 중요하지만 행복한 장수長壽를 위해서는 무병無病이라는 벽을 넘어야 한다. 건강하지 못한 병약한 장수長壽는 장수라는 기쁨보다는 본인에게는 삶의 질 저하뿐만 아니라 가족전체에게는 막대한 스트레스가 되거나 치료 등을 위한 엄청난 비용을 동반해야 한다. 그래서 병약한 장수長壽는 자신에게 고통일 뿐만 아니라 가족 모두에게는 부담으로 작용한다. 아프지 않고 오래 사는 것은 당사자는 물론 가족 모두에게 행복한 일이다. 또한 가정과 사회, 경제적으로도 안정과 평화, 재정적인 여유를 갖게 한다.

　우리나라는 고령화 속도가 세계에서 가장 빠르게 진행되고 있는 국가다. 2018년에는 65세 이상 노인인구가 14.3%에 달하는 고령화사회 (14%이상)로 진입했다. 10년 뒤인 2026년에는 20.8%로 초 고령사회 (20%이상) 진입이 예상된다. 고령화 속도가 이렇게 빠르게 진행된다면 2050년에는 38.2%로 일본보다 높은 고령사회가 된다는 것이 연구자들의 경고다. 그럼에도 장수의 꿈은 실현되어 가고 있는 것이다. 장수長壽의 꿈이 실현되어 감에도 질병에 대해서는 자유롭지 않다. 그래서 질병에는 장수將帥가 없다. 건강에 대한 관심이 높아지면서 의료기술 수준이 향상되고 그 영향으로 고령화의 속도가 빨라지고 있다.

반면에 새로운 고가의 의료장비가 갖춰지면서 질병들의 원인도 새롭게 구체적으로 밝혀지고 있다. 질병의 명칭이 과거보다 구체적으로 구분되어 그동안 들어보지 못한 병명이 등장하고 있다. 이런 이유로 노인인구의 진료비 비중이 큰 폭으로 증가하고 있다. 노인인구 비중은 2015년 전체 인구의 13.1%를 차지하고 있지만 진료비는 비 노인인구 진료비의 4배에 달한다. 이러한 지표들은 건강한 장수長壽보다는 병약한 장수長壽가 진행되고 있다는 사실을 반증하고 있다.

노인성 질병은 넓은 의미로 노화현상이 그 원인이 되어 일어나는 질병을 말한다. 중년기인 40~60세 사이의 연령층에서 발생하는 만성 퇴행성 질환인 성인병을 포함해, 협의로는 65세 이상에서 노화현상이 원인이 돼서 발생하는 질병이다. 우리가 흔히 말하는 노인성 질병에는 혈관성인지저하증/치매, 알츠하이머형 인지저하증/치매, 파킨슨병, 퇴행성 관절염, 류마티스관절염, 골다공증, 뇌졸중, 백내장, 요실금, 당뇨병, 소화성 궤양, 만성 폐쇄성 폐질환, 노년기 불면증, 노년기 피부 문제 등이 있다. 이런 질병 가운데 현재 우리 사회에서 많이 발생하는 4대 노인성 질병은 인지저하증/치매, 퇴행성관절염, 뇌졸중, 요실금 등이다.

우리 "목동중앙데이케어센터"를 이용하는 어르신들도 대부분 인지저하증/치매를 중심으로 여러 가지 질병을 복합적으로 가지고 있다. 인지저하증/치매(은)는 조용하게 구체적으로 찾아오는 노인성 질병이다. 증가 속도도 빨라지고 있다. 분당서울대병원 김기웅 교수팀은 최근 우리나라에서 12분分에 1명씩 인지저하증/치매 환자가 발생하고 있다는 연구 결과를 발표했다. 국내 인지저하증/치매 환자는 2013년 57만명에서 2024년에는 101만명으로 증가할 것으로 전망됐다. 전체 노인인구에서 인지저하증/치매 환자가 차지하는 비율인 치매 유병율도 2013년 9.4%에서 2024년에는 10.2%에 달할 것으로 조사됐다. 노인인구 10명 중 1명은 인지저하증/치매 환자라는 설명이다.

인지저하증/치매가 심각한 것은 기억상실로 빚어지는 사회적인 문제다. 어느 시점 이후의 사실과 집 등을 기억하지 못한다. 기억상실로 인해서 인지저하증/치매 환자의 실종 사건이 매년 증가하고 있다. 인지저하증/치매 환자 실종 사례는 2011년 7,604명에서 2014년 8,207건으로 매년 증가해 4년간 모두 3만1천444건에 달했다. 같은 기간에 실종 환자를 찾지 못한 경우도 78건에 달한다. 우리 센터 어르신 중에서도 댁에서 갑자기 어디론가 사라져서 얼굴 등 온몸이 피투성이가 돼서 경찰을 거쳐서 집으로 돌아온 경우가 있었다.

인지저하증/치매 어르신이 있는 가정에서는 인지저하증/치매가 더욱 깊어지지 않도록 하는 장치를 마련해야 한다. 어르신의 외출을 막기 위한 장치가 상시적으로 준비되어야 한다. 인지저하증/치매 어르신을 경찰서에 인지저하증/치매 등록을 해 놓는 것이 유리하다. 인지저하증/치매 등록을 해 놓으면 갑자기 어르신이 행방이 묘연할 때 쉽게 찾을 수 있다. '데이케어센터'는 보호자들의 정상적인 경제활동과 사회활동을 돕기 위한 제도적인 장치다. '데이케어'는 직장 생활하는 보호자들이 인지저하증/치매로 가정에 계신 어르신을 가장 적극적으로 이용할 수 있는 국가적인 보호장치다. 가족들이 인지저하증/치매 어르신으로 인한 정신적인 피로를 덜어낼 수 있다. '데이케어센터'를 이용하는 보호자들의 만족도는 매우 높다. 그만큼 어르신에게는 안전하고 보호자에게는 안정적으로 경제활동과 사회활동을 할 수 있기 때문이다.

　인지저하증/치매는 신경심리검사 등을 통해서 초기 진단이 가능하다고 한다. 뇌 촬영과 혈액검사, 뇌파와 갑상선 기능 검사 등을 통해 원인을 파악해 치료하면 50%는 예방할 수 있다고 의사들은 밝힌다. 의사들은 근본적으로 인지저하증/치매를 예방하기 위해서는 1주일에 3일 정도 땀이 나는 유산소운동과 평소에 사회활동 등을 통한 대화와 뇌활동을 촉진시켜야 한다고 강조한다. 금주와 금연은 필수다. 영양소를 골고루 섭취하는 것도 기본적인 사항이다.

　인지저하증/치매 치료제 개발은 전 세계 의료진들의 꿈이지만 획기적인 성과를 거두지는 못하고 있다. 이런 사정으로 "주야간노인복지센터" 등에서는 인지저하증/치매를 앓고 있는 어르신들에게 작업치료 쪽을 선용하고 있다. 작업치료는 일상의 활동들을 치료 목적으로 활용하는 것이다. "목동중앙데이케어센터"에서도 인지재활과 사회심리훈련, 신체재활훈련 등을 통한 작업치료를 병행하고 있다. 인지저하증/치매는 사전 예방이 최선의 방책이지만 이미 인지저하증/치매가 확정된 경우 적절한 작업치료 방식을 통해서 인지저하증/치매의 진행 속도를 늦추거나 지연시키는 것이 최선의 방안이다.

"주야간노인복지센터"는 쾌적한 공간에서 인지저하증/치매 어르신들에게 위에서 설명한 다양한 서비스를 제공하는 공간이다. 가족에게는 어르신이 보호받는 시간에 개인 활동 및 경제활동을 할 수 있는 시간을 보장한다. 또한 산업화와 핵가족 등으로 가족기능이 약화되어 보호받기 어려운 가족구성원들에게 사회활동과 경제활동이 원활히 하도록 해서 가족들의 경제적, 정신적인 부담을 완화시켜 지지해 준다.

과거 가족구성원에게 맡겨두거나 방치했던 인지저하증/치매 어르신들의 보호를 사회가 책임지는 것이다. 정부는 장기요양보험을 통해 비용의 대부분을 감당하고 보호자는 15~20%를 부담한다. 이같은 정부 정책은 인지저하증/치매 어르신 가정이 '데이케어센터' 적극적으로 이용할 수 있도록 하고 데이케어센터를 활성화시키기 위한 방안이다. 정부는 '치매국가책임제'를 내세우고 각종 시스템을 정비하고 있다. 의학계에서도 인지저하증/치매치료제 개발에 몰입하고 있다. 다행인 것은 장기요양보험제도가 정착되어 가고 있다는 것이다. 그렇지만 인지저하증/치매 어르신들 돌봄 사업에 있어서 효율성을 제고하기 위한 틈새가 없는지 다양한 제도 보완이 필요한 실정이다. 특히 돌봄서비스를 제공하고 있는 돌봄 노동자들에게 적절한 보상과 서비스의 질적인 수준을 향상시키기 위한 다각적인 대안 마련이 필요하다. 돌봄노동은 감정노동이다. 어르신들로부터, 함께 일하는 동료로부터 당하는 감정조절의 어려움을 위한 대안 마련은 시설 운영자뿐만 아니라 정부 차원에서 적극적으로 나서야 한다.

# 3. 우리 막걸리 한잔하고 옵니다

하루는 비가 오는 구질구질한 날 남자 어르신들 4분이 우르르 나오신 적이 있다. 한 어르신이 주동한 것이다. 가끔씩 분위기를 잡는 알콜성 인지저하증/치매 어르신이 계시다.

우리 현장에서는 "흐린 날 증후군"이란 것이 있다. 비가 오거나 비가 오기 전, 날씨가 흐려지면 치매 어르신들에게 인지저하증/치매 현상이 심하게 나타나는 것을 말한다. 그날은 알콜성 치매를 앓고 있는 남자 어르신이 막걸리 한잔하고 오자며 남자어르신들을 앞세우고 나오신 것이다. 아무리 설득해도 막무가내다.

"당신들이 뭔데 우리를 여기디 집 금하고 못 나가게 하느냐"고 야단친다. 이때가 가장 힘든 경우다. 아버지 연세의 어르신들이다. 참으로 안타까우면서도 곤혹스럽게 한다. 그때마다 소방수는 보호자다. 응급상황에는 어르신들의 보호자들을 통해서 해결 방안을 찾게 된다. 오늘도 보호자를 통해서 설득시키기로 했다.

알콜성 인지저하증/치매어르신에게는 5남매의 자녀가 있다. 하지만 모두로부터 외면당하고 막내딸만이 보호하고 계시다. 유일하게 통하는 자녀다. 어르신의 하나뿐인 딸에게 전화를 했다. 자초지종을 설명한 뒤

딸이 전화를 아버지께 바꿔 달라고 한다. 따님과 무슨 대화를 했는지 모르지만 그 긴박했던 상황이 간단하게 종결됐다.

어르신 함께 인솔해 나온 어르신들에게 "자 오늘은 기운이 좋지 않으니 들어갑시다" 하고 나를 흘기듯이 쳐다 본다. 그리고는 한마디 덧붙인다. "원장님, 무서운 우리 딸을 빨리도 찾았네" 하신다. 그 어르신은 자신을 돌보는 딸을 가장 무서워하신다. 어르신의 아들들은 본 적도 없고 센터를 방문한 적도 없다. 그리고 전화해도 우리를 찾지 말라고 한다. 우리는 아버지와 의절했다고 한다. 가족 사이에 어떤 일이 있었는지는 모른다. 그냥 감만 잡을 뿐이다. 그 어르신은 알콜성 치매가 심해져서 지금은 요양원으로 옮기셨다. 나는 다만 건강하시길 기원한다.

# 4. 천안역에서 온 황당한 전화

위 3번 막걸리 충동 어르신의 이야기다. 어르신은 혼자서 독거한다. 5 남매 중 딸이 자신의 집 주변에 어르신을 위해 방 한 칸을 임대해서 어르신이 생활하도록 했다. 많은 가정이 그렇게 한다. 사정은 다양하다. 어느 날 천안역에서 전화 한 통이 걸려 왔다. "000어르신 아시나요" "아 여기는 데이케어센터인데 그 어르신이 이용하는 시설입니다. 그런데 오늘 그 어르신 센터에 나오지 않았습니다." 했더니.

"아 우리가 모시고 있습니다. 여기는 천안역입니다" "아 그러세요" 나는 깜짝 놀라서 답했다. 상대는 이어서 "어르신의 보호자께 전화를 드렸더니 센터무 모시답답니디"

"아! 그럼 우리가 어떻게 할까요?" "지하철로 천안에서 신도림역으로 모시겠습니다.

역 사무실로 가시면 직원들이 어르신을 모시고 있을 겁니다.

도착시간은 00시쯤 될 것 같네요" "고맙습니다" 하고 스타렉스를 신도림역에 보내서 모시고 왔다.

어르신은 양천구 목동지역에서 거주하셨다. 아들들은 모르겠지만 딸만 주변에 살았다. 공무원도 했고 농협에서도 일했다고 한다. 글씨를

정자체로 너무나 잘 썼다. 어르신의 전반적인 사정에 대해서는 잘 모르지만 신용불량자로 살았다. 동네 사람들의 주선으로 딸을 만났다. 동네 사람들이 안타까워서 자녀들을 찾아 나서서 딸을 연결했고 우리 센터로 오셨습니다. 센터로 나오면 식사라도 해결해서 굶지 않을 수 있기 때문이다.

어르신이 천안까지 열차를 타고 간 것은 그곳이 고향이기 때문이다. 인지저하증/치매 어른신은 잠재적인 감정이 있나 봅니다. 어릴 때 떠나온 고향을 무의식적으로 찾아 나선 것이다. 고향을 찾았지만 천안역에서 행동이 이상해 천안역 역무원에게 발견된 것이다. 그래도 다행이다. 역무원이 어르신을 발견해서 보내주지 않았다면 무슨 일이 발생할지 모르기 때문이다.

데이케어를 운영하다 보면 전혀 의외의 어른들을 만나기도 한다. 그리고 이해할 수 없는 사건들도 직면하게 된다. 어르신 정원이 47명이다 보니 47가정의 가정사를 엿보게 된다. 듣는 것도 힘들지만 이해할 수 없는 일들도 많다. 가정의 다양성이라고 할까. 다양한 가정들이 어렵게 꾸려지는 모습을 보면서 가슴이 아프다.

# 5. 국민학교 교실이 생각난다

　사람은 나이와 관계없이 모이면 서로 비교하게 되고 서로 우두머리가 되기 위해 파당을 짓는다. 우리 센터에서도 마찬가지다. 집에만 계시던 어르신들이 센터에 나와 옹기종기 모여 늘어놓는 화제는 다양하다. 그런데 거의 매일 같은 이야기를 반복해서 하는데도 어른들은 진지하다. 이야기 소재가 달라지지 않는다. 가까이 가서 이야기를 들어보면 거의 같다. 인지저하증/치매라서 그럴 것이라는 생각을 한다.

　엉뚱한 반응도 자주 나온다. 문제는 어느정도 통하는 사람끼리 함께 모이려 한다는 것이다. 이런 움직임을 방치하면 끼어들지 못하는 다른 어르신들이 소외된다. 어르신들의 소외를 방지하기 위해 한 달에 한 번씩 자리를 옮겨 앉도록 한다. 그날이면 친한 사람끼리 왜 앉지 못하느냐며 항변도 하신다. 감정이 약하신 어른은 눈물을 보이기도 한다. 댁에 가셔서는 센터에 안 나가겠다고 하신다고 한다. 보호자들은 센터에서 무슨 일이 있었냐며 우려 섞인 확인 전화도 온다. 보호자들은 상황을 설명하면 대부분 이해를 한다.

　우리 센터는 47명 정원에 4명씩 12개의 탁자에 앉는다. 식탁에는 어르신의 사진과 함께 사진이 있는 이름표를 붙여놓았다. 자기 자리를 표시했는데도 식사나 프로그램 시간에 자리다툼을 벌이기도 한다. 특히 식사 시간에는 더욱 첨예하다. 그래서 어르신들이 가장 선호하는 자리는 주방과 가까운 자리다. 유치원이나 초등학교 교실과 비슷한 상황이다.

센터를 이용하는 모든 어르신들이 친해지면 좋을 듯한데 그게 어렵다. 어르신들이 자주 사용하는 단어는 "나는"이다. 4~5살 어린이가 투정 부리는 것과 비슷하다. 어린이들처럼 나를 채우려 한다. 어르신들 47명을 하나의 공동체로 만든다는 것이 쉬운 일은 아니다. 하지만 꾸준하게 공동체라는 사실을 인지하기 위해서라도 배려하는 일, 나누는 일을 시도하고 있다.

12개의 탁자를 한 달에 한 칸씩 돌아가면 1년이면 한 바퀴 돌아서 다시 만날 수 있다고 설명한다. 하지만 막무가내다. 그러나 자리바꿈은 시간이 해결한다. 시간이 지나면 서먹서먹했던 어르신들끼리도 곧 친해진다. 남자 어르신들만은 예외다. 아무리 노력해도 마찬가지다. 남자 어르신들은 하루 종일 한마디도 안하고 퇴청하는 어르신도 계시다. 국민학교 교실처럼은 안되도 분위기는 만들어 가야 한다고 생각한다.

# 6. 집에 보내 주....

"집에 보내 주..." 아이들이 하는 이야기가 아니다. 인지저하증/치매 어르신들 가운데 해가 저물어 갈 때쯤이면 언제였냐는 듯이 "집에 보내 주..." 하는 어르신들이 계시다. 그 어르신은 우리 센터가 개설될 때 가장 먼저 입소한 어른이다. 어른은 수시로 엘리베이터 앞에 나가서 서성인다. 어린아이가 외출한 엄마를 기다리는 듯하다. 그리고 집을 무척 그리워한다. 특히나 남편을 더욱 간절한 마음으로 고대한다. 하지만 정작 남편 어르신을 만나면 본 척 만척한다. 상상하기 어려운 이야기지만 남편의 얼굴을 잃어버린 것 아닐까 하는 생각을 한다.

인지저하증/치매 어르신들에게는 "흐린 날 증후군"에 이어 "석양 증후군"도 있다. 오후 서너 시時 되면 집에 가시겠다고 우루루 현관 엘리베이터 앞으로 나오신다. 유독 빈도가 높은 어르신이 계시다. 또 한 분은 큰아들 애증이 있는 어른이다. 대부분 장남이나 장녀를 기억하고 만나기를 소원한다. 하지만 일 때문에 자주 못 이루는 소원에 가슴 아파하고, 때로는 밤새 잠을 못 이루고 센터에 오셔서는 비몽사몽非夢似夢하는 경우도 있다. 수시로 송영용 핸드폰으로 전화를 걸기도 한다. 외로움 때문일 것이다. 문제는 집에 도착해서도 "집에 보내 주..."를 반복하는 어르신이 계시다. 자신이 어디에 있는지를 모르시는 것이다. 공간 감각이 무뎌진 것이다. 가슴 아픈 일이다. 이것은 극복할 수는 없다. 인지저하증/치매를 예방하는 일이 중요하다.

나는 하루 종일 인지저하증/치매 어르신들을 돌보고 있다. 하루 종일 어르신들을 보고 있자면 나도 70을 앞두고 있는데 점점 나한테도 시나브로 다가오는 것처럼 느껴질 때가 있다. 센터에 자주 오시던 숙부께서 하신 말씀이 기억난다. 맨 처음에는 장조카가 운영하는 센터니까 어려움 없이 운영되는지 궁금해서 오셨을 것이다. 한 해 정도 지났을 때 갑자기 이런 말씀을 하셨다. "센터에 가면 힘이 빠지는 것 같다"고 하셨다. 숙부는 현재 85세다. 입소 어르신 평균 연세가 86세니까 동류의식을 느끼기 때문일 것이라는 생각을 한다. 그래도 오시지는 않지만 어르신들의 출석률 등에 대해 묻는다. 조카가 하는 일이기 때문에 늘 관심을 가지고 계시다는 느낌과 생각을 갖는다.

의사인 친구가 한 말이 생각난다. 그 친구는 "인지저하증/치매보다 암 환자가 낫다"고 했다. 인지저하증/치매환자는 상황인식을 하지 못한다. 오직 자기뿐이다. 누가 왔는지 전혀 인식하지 못하는 경우가 너무나 많다. 아픔을 느끼지 못하는 경우도 많다. 반면에 암 환자는 정반대다. 생명의 단축만이 있을 뿐이다. 인간은 고통스러울 때 같이 고통을 느끼고 슬퍼하는 감정이 지배하는 생명체다. 치매로 인해서 아무런 감정을 느끼지 못한다는 것은 슬픈 일이다. 또 하나는 인지저하증/치매 어르신은 개인 문제뿐만 아니라 모든 문제에 있어서 선택할 수 없다는 데 있다. 반드시 보호자가 있어야 하는 이유다. 언젠가 나도 "집에 보내 주." 할지 모를 일이다. 나는 어르신들의 뒷모습을 바라보면서 열심히 노력해야 함을 가슴에 세긴다. 하루 1시간 이상 걷는 자세가 필요하다는 생각을 한다.

# 7. 환경은 계속해서 변한다


입소한 어르신들과 상담하다 보면 어린시절부터 성장한 가정환경이 얼마나 큰 영향을 미치는지 생각하게 한다. 공부만 한 어르신은 심한 치매인데도 책을 찾는다. 농사짓던 어르신은 호미 등 농기구를 찾는다. 자신의 주변에 있었던 것들을 인지저하증/치매인데도 자연스럽게 찾는다. 또한 먹고 사는 것을 해결하기 위해 바쁘게 살아 온 그동안 겪었던 이야기를 반복해서 한다. 한 이야기를 하고 또 하고 매일 반복해도 그래도 어르신들은 매일 새롭게 듣는다. 이야기 제목은 거의 매일 비슷하다. 하지만 어르신들이 살아온 환경의 조각들이 대화 중에 드러난다.

현재 질병은 과거를 설명하지 못한다. 물론 유전이라고 따질 수도 있기는 하겠지만 인지저하증/치매는 유전이라는 설명은 아직 없다. 인지저하증이라 하더라도 과거는 이야기할 수 있다. 현재에 대해서만 기억에서 사라졌을 뿐이다.

인지저하증을 앓게 되면 성질도 바뀌나 하는 것이 궁금하다. 어르신 중에는 비위가 약간만 상해도 부르르 떨면서 성질을 내는 경우가 많다. 남자 어르신들이 여자 어르신에 비해 특히 심하다. 그래서 어르신은 나이가 들면 반드시는 아니지만 대체로 어린이로 바뀐다고 할 수 있을까?

적어도 인지저하증/치매라는 질환을 앓고 있는 어르신들은 그럴 가능성이 크다고 생각한다.

어르신들이 센터를 입·퇴소 할 때마다 생각이 교차한다. 오늘 퇴소하는 저 어르신 어디 가서서 잘 견디실까? 저 어르신은 어떻게 견딜지 다양한 생각을 한다. 안타까움과 함께 기대도 희망과 함께 교차하는 것이 사실이다.

어린이에게는 살아온 환경이 중요하다고 한다. 노후에도 살아가는 환경이 중요하다. 가장 좋은 것은 살아 온 가정에서 최후까지 살다가 가는 것이 최고라고 생각한다. 어르신들도 그래서 데이케어나 요양원을 이용하기보다는 가정에서 가족들의 돌봄 받기를 원한다. 하지만 누군가의 희생이 있지 않으면 어려운 것이 현실이다. 이를 대체한 것이 요양보호사의 지원을 받는 방문요양이다.

방문요양서비스를 받는 가정을 방문해 보면 가정의 특성도 있겠지만 요양보호사의 서비스 받는 이유를 알 수 있다. 어르신은 누군가의 손을 거치지 않으면 생활을 할 수 없다. 아들딸 등 보호자는 부모님이 좀 더 활달히게 생활하시기를 원한다. 가정에만 계시면 하루 생활이 늘어지기 마련이다. 방문요양서비스를 받다가 데이케어로 오시는 첫 번째 이유다.

어르신이 늘어저 계셔서 인타까워서 보시고 나온다고 한다. 어르신 입장에서는 방문요양이 편할 수 있다. 요양보호사가 식사 챙겨주고 청소해 주고 간단한 운동도 한 뒤에 3시간이면 마치게 된다. 데이케어는 하루 종일 일정한 프로그램에 따라 하루를 보낸다. 하루가 지루하지 않다.

데이케어에서 하루 일정을 마치고 댁으로 돌아가면 곧바로 깊은 수면에 들어간다는 것이 보호자들의 설명이다. 데이케어가 있어야 하는 목적을 달성해 가는 것이 아닌가 생각한다. 그래선지는 모르겠지만 주변에 세워지는 데이케어들이 어느 정도의 시간이 지나면 채워진다. 내가 처음 시작할 때는 데이케어가 무엇하는 곳이냐고 묻는 사람들이 많았다. 10년이 지난 지금은 보호자들이 좋은 센터를 더 먼저 알아보고 찾아다닌다.

그만큼 장기 요양에 대한 홍보가 중요했다고 생각한다. 정부가 장기요양에 대한 적극적인 홍보를 시작한 것이 최근이다. 그리고 데이케어나 방문요양, 그리고 요양원 등은 필요하면 찾는다는 것이다. 부모님이 인지저하증을 시작하면 주변의 시설을 찾는다. 실제로 주변에서 부모님을 모시고 오면서 여기에 센터가 언제 생겼냐고 묻는 보호자들이 많다.

장기요양의 환경은 갈수록 긍정적인 방향으로 발전되어 가고 있고 수준도 우리 사정에 맞게 향상시켜 가야 한다. 하지만 인력의 수급문제, 돌봄의 환경문제, 장기요양기관에 대한 인식의 문제 등 개선해 나가야 할 문제들이 산적하다. 장기요양은 관에서 시작한 것이 아니라 관의 요청으로 민간에서 시작했다. 인식문제 제고를 위한 노력이 필요하다. 이런 환경이 개선되어야 고령화와 저출산이라는 상충의 사회문제를 해결해 갈 수 있다.

# 8. 고독은 사회를 멍들게 한다

연세 많은 어르신들과 하루 온 종일을 생활하다 보면 작은 일에도 감사의 눈물을 흘린다. 마음을 읽을 수 있기 때문이다. 어르신들은 자주 아들, 딸들과 함께 병원에 가신다. 어느 날은 10여 명이 병원에 가시는 날이 있다. 연세가 8,90대 어르신들이 대부분이라 어쩔 수 없는 일이다. 보호자들은 진료를 마치고 집으로 가자 하지만 어르신들은 대부분 센터로 오신다. 어르신들이 아들, 딸의 권유를 무시하고 고집을 부려 센터로 오시는 이유를 곰곰이 생각해 본다. 센터를 운영하다 보면 그런 분이 고마운 것은 사실이다.

어르신들은 집에 홀로 있으면 더욱 외롭다. 나는 인지저하증/치매를 경험해 보지 않은 입장이어서 깊이 있게 알 수는 없지만 인지저하증/치매 어르신을 돌보는 입장에서는 어느 정도 이해가 된다. 집에 홀로 계시는 것이 얼마나 답답고 힘드는 일인지를 어르신들은 알고 있기 때문이다. 우리는 주변에서 고독사를 자주 경험한다.

고독사는 보름이고 한 달이고 소식이 끊겨 발견되는 숨진 어르신들의 모습 또는 홀로 사는 사람들의 모습이다. 일본이나 선진국에서만 있는 일인 줄 알았다. 우리나라에서도 자주 발생한다. 사고가 발생할 때마다 복지 네트워크를 갖춘다고 정부가 발표한다. 정부 발표가 무색하게 고독사는 계속해서 발생하고 있다. 모두가 나서야 한다.

고독사와 관련해서 누구누구의 잘못을 지적할 일은 아니라고 생각한다. 주변을, 이웃을 살펴야 하고 자신도 누군가로부터 살핌을 당한다는 사실을 알아야 한다. 사회복지는 불특정 다수의 누군가로부터 자신들이 보살핌을 받을 수 있다는 누군가의 관심을 바탕으로 일궈야 한다. 기본적인 정신은 그렇지만 쉬운 일은 아니다. 그래서 어렵고 다양한 경험을 바탕으로 한 종합적인 대안을 조성해 가야 한다.

어르신들을 보면서 그 고독사의 엄청난 공포를 읽는다. 센터에 오시든 아니든 우리 모두 관심의 대상으로 삼아야 한다. 우리 사회도 점진적으로 복지사회로 나가면서 부족한 일들을 정비해 나가고 있다. 우선은 "긴급복지신고의무자"제도를 도입해서 매년 교육하고 있다. 긴급복지신고의무자는 긴급지원 대상자를 쉽게 접할 수 있는 직종에 종사하는 사람들을 신고의무자로 지정해서 위기가구를 적극 발굴하여 보호하는 것을 목적으로 한다.

긴급복지신고의무자는 대한민국에서 일어나는 긴급사태를 대처하기 위해 관련법에서 정한 자격을 갖춘 사람으로 의료인, 교사, 보육교사, 어린이집, 유치원, 초등학교, 중학교, 고등학교, 대학교, 사회복지사, 어린이보호전문기관, 아동복지시설, 여성안심 택배업체, 경찰관, 소방관, 해경관 군인 등이 해당한다.

우리 센터에서는 다양한 프로그램으로 인지저하증/치매 어르신들의 과거를 되살려 내려는 노력을 하고 있다. 우리 센터의 목표는 "어르신들의 삶의 향기를 디자인하는 목동중앙데이케어센터"다. 과거를 통해서 현재를 주시할 수 있도록 하려는 프로그램이다. 과거의 어떠한 상황을 통해서 현재의 인지저하를 극복해 보려는 시도다.

인지저하증/치매 어르신을 대상으로 과거를 회상시키려 하는 것은 인지저하 상태로 갇혀 있는 어르신에게 활력을 불러 일으키기 위한 것이다. 인지저하증/치매 어르신에게 현재는 인지저하 상태에 있지만 활력을 갖고 생활했던 과거 그 언제가 있었다는 사실을 인지시키기 위한 것이다. 대부분의 시설에서 시도하는 프로그램이지만 아직 긍정적인 답을 얻어내지는 못하고 있다.

고독은 우리 사회를 멍들게 한다. 인지저하는 어르신들을 어느 시점에서 고독하게 만드는 질병이다. 장기요양사업에 종사하는 종사자들은 어르신들의 인지 고독을 어떻게 돌파 또는 극복할 수 있을까를 고민하며 대안을 찾는 사람들이다. 인지저하증/치매 치료제가 등장하지 않은 상황에서 보다 적극적인 노력이 필요하다. 이를위해 다양한 직역에서 대화 노력이 필요하다는 생각을 한다.

# 9. 80세 어르신과 29살 어르신


오늘 아침 도로에 눈이 쌓여서 어르신들의 센터 도착이 늦었다. 처음으로 도착하신 어르신들이 친한 사이들로 종종 모여 앉았다. 어르신 두 분이 소파에 기댄 채로 나에게 이렇게 물었다.

"총각 오늘이 며칠 여"

오늘이 대체 무슨 요일인지 알 수 없다며 지나가는 나를 잡고 물으신다. 옆에 있던 어르신 "총각이라니 원장님여" 하신다.

내가 받아서 "나는 총각이 좋은데요. 어르신" 하니 "원장님은 올해 몇이지" 하신다

"저요 진갑 넘었슈" 하니 "오래 살았네" 하신다.

내가 "예~에~예!" 하니

"오래 살았어"를 반복하신다.

내가 "어르신은 올해 몇이세요" 하니

"나 스물아홉" 하신다. 어르신은 29살 이전 것들에 대해서는 대체로 기억을 잘하신다. 문제는 그 이후부터 지금까지다.

"어르신, 오늘은 월요일입니다" 하니

"그려 당최 기억이 없어..... 빨리 죽어야지" 하고 어르신이 신세를 한

탄한다. 사실 어르신은 80세다. 80세와 29살을 넘나드시는 인지저하증/치매 어르신이다.

"어르신 앞으로는 120살까지 사신데요" 하니 "아이고! 남사스러워라" 하신다. 어르신의 남사스럽다는 말씀이 진심일지는 모르겠지만 세월 앞에 장사는 없다. 시간은 물론이고 자신의 얼굴조차 잃어버리고 사는 어르신들을 바라보면서 도대체 대책이 정말 없는 것인가. 한탄스럽다. 나는 하루를 이렇게 시작한다. 진정 바라기는 인지저하증/치매 약이 하루 빨리 개발돼서 어르신들의 하루, 하루가 회복되기를 기도한다.

(2017.12.18.)

# 10. 침묵, 무섭다

충남 서천 판교 출신 73세 남자 어르신이 계셨다. 내 고향인 부여 옥산 바로 옆 동네라서 반갑게 맞이했다. 옆 동네라 옥산저수지와 홍연국민학교가 김덕수 사물놀이 교육장으로 바뀐 이야기 등 고향 이야기를 나누기도 했다.

어르신은 다혈질이고 그때마다 큰 목소리로 어르신들을 향해서 욕설을 해댄다. 입에 담을 수 없는, 상상할 수 없는 욕설이다. 나는 어릴적 고향에서 들었던 욕설들이어서 그냥 지나치듯이 들었다. 그런데 처음으로 그런 욕설을 접한 직원들은 난감해했다.

어르신을 1주일 동안 설득했지만 잠시뿐이다. 우리는 어르신에 대해서 단체생활을 할 수 없는 어르신으로 판단했다. 보호자인 부인에게 도저히 감당할 수 없어서 종결하겠다고 통보했다. 부인은 사정했다. 먹고 살기 위해서는 어르신이 센터에 계셔야 한다는 것이다.

하지만 여자 어르신들이 무서워서 나오지 않겠다고 하신다. 안타깝지만 여자 어르신들의 당하는 공포를 부인에게 설명했다. 간절한 설득 끝에 어르신이 이곳에 있을 수 없는 상황을 납득은 하셨다. 부인은 애절하게 매달리는데 이런 사정을 알 일이 없는 어르신은 막무가내莫無可

슾다. 안타깝고 슬프다.

오늘 첫차로 들어오신 어르신들의 관심은 그 남자 어르신이다. 어제까지 내가 고민할 때는 전혀 반응하지 않던 어르신들이다. 오늘 아침 어르신들 "사장님의 현명한 선택"이라며 칭찬한다. 오늘 아침 어르신들을 맞이하면서 어르신들의 칭찬을 듣고 많은 것을 생각했다.

어르신들은 대부분 심각한 상황에서는 절대 나서지 않는다. 그 상황이 해결된 뒤에서야 그 상황에 대해서 몇 마디 언급한다. 그것도 소수다. 그런 점에서 "무섭다"고 생각한다. 소수만을 믿고 말하지 않는 다수를 무시할 수는 없다. 정원이 47명인 공간에서도 이런 점을 무시할 수는 없다. 시설 내에 있어서 어떤 의사결정을 할 때는 반드시 고려해야 하는 사안이다. 그래서 침묵이 무섭다. 나는 오늘 아침 새삼 느꼈다.

어르신들과의 공감대 형성이 무엇보다도 중요하다. 짧은 시간에 말하지 않는 어르신들의 깊은 내막까지 파악하는 것은 어렵다. 하지만 점진적으로 접근하는 것은 가능하다고 생각한다. 섣부르면 위험의 웅덩이에서 헤어나지 못할 수도 있다. 그 어르신이 그렇게 난리를 칠 때 여자 어르신들은 조용했었다. 그런데 종결시키니 그내 반응한다. 그것도 치매 승상인가?

어르신들에게 있어서 무서운 것은 무서운 것이다. 그때는 그때고 지금은 지금이다. 남자 어르신이 몽둥이를 들고 난리를 칠 때 여자 어르신들은 소용했다. 안타까운 것은 그 남자 어르신의 부인뿐이다. 단둘이 살아가고 있고 부인이 양천구 목3동에 있는 시장에서 일을 한다. 부인이 일을 해야 가정을 건사할 수 있다. 안타깝다.

# 11. 저니 간지 알았어...!

어르신들을 모시러 나간 1차 송영차 스타렉스 3대가 거의 동시에 들어왔다. 실내화로 바꿔 신고 들어서는 한 어르신에게 어르신들의 관심이 집중한다. 4개월 만에 나오신 여자 어르신이다. 어르신들 이구동성으로 "어마! 어마! 저니 간지 알았어?" 하신다.

어르신들이 가장 조심스럽게 하시는 말투다. 그런데도 이렇게 표현하는 것은 그동안 그 어르신과 쌓은 정분이 깊기 때문이다.

내가 나서서 "가시긴 가셨대 유!! 이사 가셨대 유!!". 어르신이 "그동안 이삿짐 정리하다 늦었대 유" 설명하니 또 한바탕 웃음바다. "그러믄 그렇지 아직 갈 때는 안 됐어" 하신다.

몸이 안 좋아 어제 일찍 귀가하신 어르신이 뒤따라 들어오시자.

"아이쿠..! 어제 안 좋더니 이렇게 보니 반갑네" 하니

그 어르신 "안 좋아도 여기 나와야 그래도 힘이 나요" 하신다.

연세가 8, 90세 되신 어르신들이 "여기 나와야 힘이 나요" 하는 고백은 나로서는 가장 큰 힘이다. 나는 항상 이렇게 어르신들에게 있어서 힘이 되는 시설이 되기를 기도한다. 그것이 내 꿈이다. 아마도 사회복지시설을 운영하는 동업자들 모두의 꿈일 것이다.

초심이 한결같으면 복을 짓는 것이다. 초심이 한결 갖지 않으면 자신을 범하는 것이다. 데이케어센터를 준비할 때 나에게 컨설팅해 준 센터 원장은 어떤 시설을 운영할지를 개념을 잘 잡아야 한다고 주문했다. 컨셉(Concept), 컨셉(Concept)하면서 그때는 대충 넘어갔다. 건물을 임대하고 시설기준에 맞게 시설과 설비를 갖춰나가면서 컨설팅 원장의 주문이 생각난다.

시설은 간단하게 시설기준에 맞게 적당히 갖추면 되지만 성의와 정성을 다해서 갖춰야 한다고 생각한다. 정성을 다한 시설과 그렇지 않은 시설은 다른 것이다. 성의 없이 이윤만 추구하면 사악해지는 것이다. 이윤을 생각하지 않을 수 없지만 정성을 다하면 자연스럽게 채워진다고 생각한다. 어르신에게 초점을 맞추는 센터가 되기를 기도한다.

# 12. 위험하지 않은 것이 없다

우리 사무실엔 사탕바구니가 있었다. 지금은 어른들의 발길이 너무 닳아 없었다. 그때는 사탕이 떨어질라치면 채워놓았다. 비치 목적은 사실상 비상용이었다. 당이 떨어져 고생하는 어르신들 때문이었다.

물론 생활실 내 약장에도 항상 비치해 둔다. 어르신들이 달라고 하면 혈당 검사와 함께 부드러운 사탕을 드린다. 잘못해서 목에 걸릴 염려가 있기 때문이다. 그런데 사탕이 있다는 사실을 안 한 남자 어르신은 아침 저녁으로 자주 사무실을 찾았다. 한순간 사탕 몇 개를 집어 들고 나가셨다.

어르신은 한때 대양을 두루 누볐던 마도로스였다. 그런 기상 때문인지 연세에 비해 건강하게 보였다. 그 어르신이 사무실에 들렀다가 나가시면 사탕이 푹 줄어든다. 어르신이 한 웅큼을 들고 가신 것이다. 어르신들의 대부분은 당이 높은 편이다. 물론 당이 떨어지면 기력을 잃지만 높아도 문제다.

사탕은 달지만 세상은 사탕처럼 달지만은 않다. 잘못하면 단 사탕도 사람의 생명을 위협한다. 어르신들이 생활하는 곳에는 위험하지 않은 것이 없다. 어르신들에게 있어서 위험하다고 하는 것은 무조건 금지시켜야 한다.

금지시켜야 할 것들은 이것만이 아니다. 왜 우리를 여기에 가두고 세상 밖 출입을 금지하느냐고 호소하는 어르신들도 있다. 주장은 타당하다고 할 수도 있지만 안타깝다. 어르신의 안전과 보호자들의 건전한 경제활동을 위해서는 불가피하다. 이런 사안을 어르신들에게 아무리 설명해도 100에 1도 수용하지 않는다. 어르신들은 오직 자신의 주장을 펼치고 수용이 안 되면 큰소리로 반격한다. 그러다 제풀에 꺾이기도 하지만 안타깝다. 모두의 안전을 위해서다.

# 13. 핵교 이름이 어딨어?

우리 센터에서 프로그램을 진행하는 강사들은 어르신들에게 집중시킬 목적으로 센터를 학교라고 한다. 아마 다른 센터에서도 교육하면서 학교라고 한다고 한다. 나는 어르신들이 그렇게 간주하고 있을 것으로 생각했다. 하지만 오늘 오후 댁으로 돌아가는 차를 타기 전 한 어르신이 묻는다.

"여기 학교 이름이 어딨어?"하신다.

최근에 들어오신 어르신이다. 강사들이 자주 학교라고 하니까 궁금했던 모양이다. 현관에 걸려있는 액자를 보여 주었다. "어디에 학교 이름이 있느냐? 학교 이름이 안 보인다"고 하신다.

여기 "목동중앙데이케어센터" 학교 이름이 있지요. 했더니 "핵교 이름이 왜 이상햐? 목동중앙학교라고 해야지" 하신다. 요즘은 학교 이름이 어려워야 좋은 학교라고 둘러댔다. 학교 다닌 것이 언제였던가 가늠할 수 없는 어르신이다.

가끔은 어르신들이 어린이처럼 보일 때도 있다. "목동중앙데이케어센터"에서 그나마 삶의 의욕을 찾는 분들이 계시다는 것이 큰 위로다. "목동중앙학교"라고 하지 "데이카이는 뭐하는 거여 하신다".

# 14. 여기가 어디 여, 처음 오는 곳인데

1년 넘게 목동중앙데이케어센터를 이용하신 93세 어르신, 센터 로비에 도착해 "여기가 어디요?" 하신다. "여기 처음 오셨지요. 환영합니다." 하며 이름이 붙어 있는 보행 보조기를 드리니 "어떻게 내 이름이 여기에 붙어 있어" 하신다. 이것은 처음 오시는 분께 드리는 선물입니다 하니 "고마워"하신다.

몇일전 70세 가까이 되신 어르신의 큰 아드님이 왔다 갔다. "우리 아버님 식구들 얼굴조차 모두를 잃어버리셨다"며 눈물을 글썽였다. 어르신은 자녀들을 아무도 못 알아보신다. 기억에서 사라진 것이다. 최근들어 기억력이 현저하게 떨어진 것이다.

어르신은 몇 개월 전부터 손주며느리에 대해 이야기하셨다. 그러나 우리는 한 번도 본 적이 없다. 아드님한테 "어르신이 손주며느리 이야기를 자주 하신다"고 하니 한숨을 푹 쉰다. 아들인 저를 손주로, 며느리를 손주며느리로 기억하신다고 한다. 그럼 손주들에 대한 좋은 기억은 살아있을 수도 있겠네요 하니 그럼 아이들을 불러 모아 보겠다고 한다.

인지저하증/치매 어르신을 모신 가정은 불안하다. 그 문제에 접근하기 위해 우린 3개월에 한 번씩 "가족 모임"을 한다. 항상 일정을 잡기 전

시기와 주제 등을 소식지로 보호자들의 의견을 듣는다. 이번에는 "가족들의 치유 프로그램"을 주문했다. 얼마나 힘들었으면 생각하며 프로그램을 준비하고 있다.

그 어르신들을 돌보는 우리 직원들은 천사다. 내 생각뿐일까? 우리는 오늘 "서울형인증 기념 행사"를 가진다.(2018.3.18.)

8년 전에 입소하신 28년생 97세 어르신이 계시다. 어르신은 우리센터의 최장수시고 가장 오래 이용하셨다. 혼자 남으신 초창기 멤버다. 요즘 들어 여기가 어디여!를 자주한다. 연세도 연세니만큼 그럴 수 있겠다는 생각을 한다. 요즘은 다리가 아파 죽겠다 한다.

입소 초창기에는 10대에 결혼하자마자 엄청난 시어머니한테 혹독한 시집살이 당한 이야기를 하고 또 하셨는데. 시댁이 큰 식당을 했는지 하루 종일 놋쇠 그릇을 닦았다는 이야기를 반복했다. 이제는 그마저도 잊었다. 또한 혼자 집을 지키고 있는 강아지를 안타까워했는데 그것도 잊은 듯하다. 이 어르신은 2024년 10월에 만 8년 이용하시는 어르신이다.

## 15. 치매어르신의 시말서

　데이케어 등 장기요양기관을 운영하다 보면 어르신들의 출석에 신경을 쓸 수밖에 없다. 어르신들의 출석에 따라 건강보험 공단으로부터 들어오는 장기요양 수가 규모가 달라지기 때문이다. 처음에는 어떻게 하면 등록인원 모두가 출석할 수 있을까? 고민도 했다. 하지만 시간이 흐르면서 부질없음을 알았다.

　어르신 대부분은 80~90대 어르신들이고 보니 결석할 수밖에 없다. 연세가 많은 어르신들은 질병 백화점이라고 해도 과언이 아닐 정도로 다양한 질병을 안고 있다. 정기적으로 병원 가는 날은 결석하는 날이다. 병원 가셨다가도 센터로 나오시는 어르신도 계시지만 가정형편에 따라 다르다. 가능하면 센터로 모시도록 보호자들에게 설명하는 정도다.

　어르신의 출석은 어르신의 뜻보다는 보호자의 의견이 좌우한다. 보호자는 어르신이 댁에 계신 것이 불안하면 센터로 모시고 나온다. 어르신도 집에 있는 것보다 센터에 계신 것을 좋아하는 어르신도 있다. 센터의 다른 어르신들과 관계가 좋게 형성되신 어르신은 좀 피곤하더라도 센터에 나오시는 것을 고집하신다. 집에 가면 뭐하냐고. 그래서 다만 한 시간이라도 더 계시려는 어르신이 있는 반면에 반대인 어르신도 많다. 센터에 계시면 집에 가서도 잠이 잘 오는 등 종일 집에 계신 것보다 낫다는 것을 알고 있기 때문이다.

결국에는 어르신이 스스로 자기 결정권을 가져야 한다. 이런 사정을 잘하는 팀장이 결석이 잦은 여자 어르신이 퇴청하는 자리에 일갈했다. "어르신 결석 자주하지 마세요. 결석 자주하시면 시말서 쓰셔야 합니다." 어르신들의 결석은 예측불허다. 가능하면 댁에 계시려는 어르신들의 특징이다. 흥미로운 프로그램도 마련해 보고, 인기 있는 강사도 부르지만 결과는 마찬가지였다.

출석률이 떨어지는 것에 대해서 나는 고민을 많이 한다. 이런 나를 보면서 직원들도 위기를 느끼나 보다. 직원들이 자진해서 홍보에 나설 때도 있다. 홍보를 나가면 직원들은 홍보하면서 겪은 경험들을 늘어놓기도 한다. 가끔씩 긴장감을 조성하는 것도 센터를 운영하는데 필요한 것 같다.

센터가 정상적으로 운영이 되어야 직원들도 부담 없을 것이다. 아직 봉사하는 심정으로 센터에 나와서 일하는 것이 기쁘다고 말하는 직원을 보지 못했다. 이런 위기 상황을 자주 설명하면 직원들도 자연스럽게 어르신들을 향해서 외친다.

"집에 계시면 치매 아가씨가 찾아 옵니다"

"집에서 식사하시고 주무시고를 반복하면 치매 아가씨가 찾아옵니다."

"센터에 나오시면 삶의 활기를 찾을 수 있습니다."

"그러니 센터로 나오셔요"

직원들이 반복해서 외친다. 어르신들도 수긍은 하신다. 하지만 마음과 달리 육신이 따라주지 않는다. 데이케어센터의 생명은 허용된 정원을 빠른 시일내에 채우는 것이고 입소한 어르신들의 출석률을 높이는 것이다. 생활실이라는 공간에 어르신들로 채워져야 한다. 그리고 공간에는 생동감 넘치는 센터가 되어야 한다. 산뜻함이 있어야 하고 공간을 통해서 삶의 역동성을 찾을 수 있도록 노력해야 한다. 그런 점에서 가끔 나는 최선을 다하고 있는가? 자문한다.

# 16. 고집스러운 어르신들.....?

센터를 이용하는 어르신 중에는 춥고 더움에 대한 감각이 떨어지는 어르신들이 많다. 한여름인데도 2~3겹 옷을 입고 나오신다. 겨울옷까지 챙겨 입고 나오신다. 문제는 그러면서도 춥다고 한다. 직원들이 어르신을 설득해서 옷을 벗겨서 옷장에 걸어둔다. 어르신은 수시로 옷장을 찾아가서 옷들이 잘 있는지를 확인한다.

어르신들이 한여름인데도 겨울옷을 챙겨 입고 나오는 것은 인지저하증으로 인한 것은 아닌지 생각한다. 어르신들에게 엄습해 오는 인지저하증/치매는 계절 감각까지 몰수한다. 실내는 어르신들을 위해서 천정에 냉난방 겸용기 4대를 가동한다. 어르신들은 그래도 체력에 따라서 한편에서는 덥다고 하고 다른 한편에서는 춥다고 한다. 인지저하증/치매가 오면 파킨슨도 함께 따라오는 경우가 있다. 인지저하증/치매와 파킨슨이 동시에 오면 여름옷만 입고 있어도 덥다고 한다. 귀가할 때면 또 한차례 전쟁을 치른다. 옷장에 넣어둔 겨울옷을 모두 입고 가려고 나서기 때문이다. "밖은 더워서 찝니다. 어르신들" 해도 막무가내다. 어르고 사정하고 아무리 설명해도 소용이 없다. 치매라는 질병이 무서운 이유다.

이상한 것은 한겨울에도 덥다고 한다는 사실이다. 그래서 창문 쪽에 항상 앉는 어르신이 계시다. 창문을 열겠다고 힘을 쓰신다. 추위를 타는 다른 어르신들을 위해 모시고 옥상으로 올라가기도 한다. 밖이 얼마나 추운지를 체험시키기 위한 것이다. 하지만 어르신은 감각이 없으신 모양이다. 인지저하증/치매가 무서울 뿐이다.

집에서는 더욱 심각하다고 한다. 센터에서는 여러 명의 직원이 분담해서 어르신들을 관찰하기 때문에 덜 힘들다. 하지만 집에서는 대부분 보호자 혼자서 어르신을 봐야 한다. 한 어르신은 하룻밤에 화장실을 60여 차례 가신다고 한다. 그때마다 불안한 딸은 잠자리에서 일어나야 한다. 아마도 화장실 다녀오신 사실을 잊는 것은 아닐까? 그런데 센터에서는 자주 다니시기는 하지만 그렇게 빈도수가 높은 것은 아니다. 집에서는 안정을 찾고 센터에서는 다른 사람을 의식하는 것은 아닐까? 추정할 뿐이다. 약이라고는 안정제거나 이완제를 투약하는 정도다. 정부가 "국가치매책임제"를 거들고 나섰지만 특별하게 개선되거나 진전된 부분은 없다.

보호자들은 지칠 만도 한데 어르신을 가능하면 댁에서 모시려고 한다. 아직까지 부모는 집에서 모셔야 한다는 고정관념을 대부분 가지고 있다. 어르신들도 요양원은 물론 데이케어조차 가급적 피하려고 한다. 그러다가도 불가피하게 우선은 데이케어를 이용한다. 그리고 비용을 주도적으로 분담하는 쪽의 주장에 따라가는 경우가 많다. 형제간에 비용 분담을 주도하는 쪽이 요양원으로 기울면 그렇게 따라간다.

그럼에도 보호자들은 직접 부모님을 모시려고 한다. 어르신을 모시기 위해 팔이 멍들고, 잠을 제대로 이루지 못하는 경우가 많다. 직장에서 제대로 일하지 못하는 경우도 많다. 우리는 보호자들도 힘들지만 우리도 힘든 경우가 많다. 보호자도 지쳐서 거의 포기상태에 이르고 요양원 쪽으로 생각한다. 그래야 보호자가 정상적인 생활이 가능하기 때문이다.

그렇게 요양원으로 어르신을 모시면 몇 개월 안 돼서 돌아가신다. 왜 그런지 이유를 모른다. 나는 그렇게 여러 어르신들을 천국으로 보냈다.

# 17. 구십구냐? 구십아홉이냐?

센터 출입구 로비에 어르신 2분이 자리를 잡았다. 댁으로 돌아가기 위해 신발을 실내화에서 실외화로 바꿔 신으면서 신발장에 붙어 있는 한 어르신의 명찰에 눈길이 거의 동시에 멈췄다. 매일 보는 어르신인데 마치 처음 보는 것처럼 저 어르신 구십구살이네 하신다. 어르신은 우리 센터에서 연세가 가장 많으신 어른이다. 그 옆에 앉은 어르신이 아니라면서 구십아홉살이라고 하신다.

나는 지켜보면서 어느 쪽이 이길까? 궁금했다. 옥신각신하다 다툼 그 자체를 잊어버렸다. 그때 마침 요양보호사가 "어르신들 댁으로 가셔야지요. 엘리베이터에 타세요?" 외쳤다. 이 소리와 함께 옥신각신하던 두 어르신은 의좋게 손잡고 차량으로 이동하기 위해 엘리베이터에 오른다.

어르신들은 다음날에도 같은 자리에서 "구십구살과 구십아홉살" 놀이를 하셨다. 어제 똑같은 시간에도 서로 다툼이 있었다는 사실을 기억할 리가 없다. 그래서 인지저하증/치매가 무섭다. 한국어든 영어든 숫자를 읽을 때 서수(Ordinal Number)와 기수(Cardinal Number)로 구분해서 읽는다. 서수는 사물의 순서를 나타내는 숫자로 첫째, 둘째, 셋째로 읽는다. 기수는 사물의 개수를 세는 숫자로 하나, 둘, 셋으로 읽는다. 99를 말할 때는 아흔아홉이 맞다. 그래서 방송에서는 아흔아홉이라고 하고 구십구라고 읽는다.

어르신들은 아마도 인지저하증/치매 이전에 숫자 읽는 것에 대해서 정상적으로 기억했을 것이다. 이처럼 숫자 읽는 것을 가지고 대화하는 것은 평소에 관심이 없으면 할 수 없는 대화다. 어르신들을 지켜보면서 어르신들의 삶을 나름 추정해 볼 수 있다. 이렇게 해서라도 인지저하증/치매의 깊어지는 속도를 지연시킬 수 있었으면 좋겠다.

# 18. 우린 괜찮은데!!

    망각과 망상, 조울증, 배회 등등은 인지저하증/치매의 증상이다. 인지저하증/치매에 대해서 강의를 들을 때 증상이 80여 가지라고 배웠다. 하지만 인지저하증 증상은 너무나 복합적이고 다양하다. 어르신들을 대해보면 하나의 증상만을 가지고 있는 것이 아니라 복합적이다. 우리 어르신들이 겪는 고통이다.

    한 어르신은 센터에 도착하면 아침부터 항상 운다. 조울증에 망상이 겹쳐 누구 때문이라고 계속 주장하신다. 무어라고 말씀은 하시는데 알아들을 수가 없다. 가끔 알아들을 수 있는 단어가 들리기도 한다. 한 예로 자신에게 누군가가 "도둑년"이라고 했다면서 억울하다고 했다. 간혹 남편도 원망한다. 자기를 여기에 두고 지 혼자 가면 나는 어떻게 하냐며 원망한다. 막무가내莫無可奈다.

    그때마다 보호자인 남편과 딸에게 연락해 보지만 모르겠다고 한다. 남편은 약으로 조절이 가능하다는 이야기를 들었다며 그동안 다니던 병원에서 신촌 큰 병원으로 옮겼다. 그래서 진료 예약이 돼 있다며 조금만 기다려 달란다. 그때까지 다른 어르신도, 지켜보는 직원들도 고통이다. 어떻게 할 수가 없다 막무가내. 결국 남편은 자신이 돌보겠다며 직장을 관두고 부인을 모셔갔다.

비슷한 증상의 어르신이 계셨다. 이 어르신도 센터에 오시면 하루 종일 센터를 돌면서 울었다. 가래침을 뱉고 상상을 초월하는 욕설을 내뱉었다. 얼굴은 80대인데도 팽팽하니 고왔다. 나는 궁금했다. 왜 울까? 하루 종일 우시는 어르신의 과거에 대해서 궁금했다. 모시는 큰 따님에게 어르신의 과거를 질문했다. 그런데 자기도 모르겠다고 한다. 그래서 치매를 전공한 교수들을 찾아갔다.

국내 박사들은 잘 돌보라는 말 외에는 특별한 대안을 제시하지 못했다. 일본에서 박사학위를 받은 한 교수는 이런 이야기를 했다. 어르신에게 과거에 맺힌 무슨 사연이 있을 것이니 보호자의 이야기를 들어보라고 했다. 나는 그 어르신의 따님을 만나 자초지종을 이야기하고 어르신의 과거 삶에 대해서 알고 싶다고 했다. 그러나 들을 수 없었다. 따님은 어르신의 과거를 말할 수 없다며 강력하게 거부했다.

이제는 몇몇 치매 전문 병원을 찾아가서 상담받았다. 내가 만난 의사들은 약물로 조절해서 감정을 달리할 수 있다고 한다. 따님에게 의사들의 이야기를 전했다. 약물로 가능하다고 하니 병원을 찾아 알아보라고 했다. 따님도 알고 있었지만 거부했다. 약은 쓰지 않겠다고 했다.

약에 대한 부작용을 거론했다. 이렇게 어르신의 발음이 부정확하고 우는 것도 약물의 부작용이라고 했다. 아마도 보호자도 약을 처방받아 사용해 본 것 같다. 개선보다는 부작용이 더 컸다고 판단하고 있는 것 같았다. 하지만 어르신으로 인한 피로는 계속 더욱 증가하고 있다.

이렇게 고민하고 있을 때 하루는 어르신 5명이 내 방에 오셨다. "어르신들 무슨 일이 세요." 하니 어르신들

"저 우는 노인네 좀 어떻게 해 줘" 하신다. 부연하면

"저 노인네 우는 것을 보면 심란하다"고 하신다.

따님을 만나 어르신들의 그런 사정을 설명했다. 그 와중에 어르신 5명 중 3명이 다른 센터로 옮겨 가셨다. 센터를 운영하는 나로서는 치명적이다. 나는 어르신의 따님께 구체적으로 설명했다. 다른 어르신들이 피해를 호소하니 한 달 안으로 대책을 마련해 달라고 했다.

대책은 보호자인 따님이 선택해야 한다. 보호자는 한 달이 지난 뒤 다른 곳으로 이전한다며 퇴소를 신청했다. 여러 날 뒤 주변 요양원에서 전화가 왔다. 요양원 센터장이라고 했다. 첫마디가 죽겠다고 한다. 어르신이 대책없이 주변 요양원으로 가신 것이다. 거기서도 울면서 밤새 배회한다고 한다. 요양원이니 밤낮 계속해서 그러신단다. 요양원 센터장은 한동안 푸념 섞인 전화가 왔었는데 요즘은 전화가 안 온다. 어르신이 또 다른 곳으로 옮겨가신 것은 아닐까 추측만 한다. 그렇게 해서 어르신이 나오지 않게 됐다.

그런 일이 있은 뒤 내 방에 오셨던 어르신 5분 중 떠난 3분을 빼고 2분이 다시 나를 찾아 왔다. 어르신들 그리고는

"왜 우는 노인네 안 나와" 하신다.

"다른 곳으로 가셨어요" 했더니.

"아니 우리 괜찮은데" 하신다. 그 어르신들을 나시 똑바로 바라봤다.

그리고 아...! 그렇지! 치매였지. 다 잊은 것이다. 맨 처음 나를 찾아오셨을 때 어르신들에게 "어르신들 그 어르신을 좀 이해해 주세요. 어르신들 보다 많이 아파요" 했다. 어르신들

"우리도 아파요. 우리도 좀 이해해 주세요" 했던 어르신들이다.

인지저하증/치매로 고생하는 어르신들이 무섭다. 아니 망각을 불러오는 인지저하증이 하루 빨리 퇴치됐으면 한다.

# 19. 필요한 것에만 반응하는 어르신

어떤 모임이나 여럿이 모이면 경쟁자가 있기 마련이다. 우리 센터에도 빈번히 그런 모습을 보이는 두 어르신이 계시다. 한 분은 천주교 독실한 신자인데 TV에서 노래가 나오면 자리에 앉아서 가락에 따라 몸을 흔드는 등 춤을 추거나 소위 이미지 운동을 한다.

이 어르신은 센터에 도착하자마자 묵주를 굴리며 기도한다. 자신과 가족과 센터에 함께 이용하는 어르신들의 건강을 위해서 기도한다고 한다. 또 다른 어르신은 청각에 문제가 있다.

그런데 자신에 필요한 것은 잘 듣고 반응도 한다. 자신에게 불리하거나 귀찮거나, 불필요거나, 관심 사항이 아닌 것은 못 들은 척(?)한다. 안 들리는지 못 듣는지 모르지만 반복해서 질문하거나 못 들은 척한다. 이 어르신은 앞의 어르신이 TV에 따라 율동하면 뒷전에서 흉을 본다.

어르신은 청력이 좋지 않다. 그럼에도 앞에서 눈으로 보이는 것에 대해서는 그냥 넘기는 일이 없다. 정확하다. 모든 해석은 자신의 유불리 중 유리한 것만 보고 지적도 한다. 때로는 정확하게 본질을 지적하기도 한다. 요즘에는 어르신이 춤을 추거나 노래하면 그 자리를 피한다. 아름답게 대응한다. 그동안 지내온 지혜인 듯 하다.

## 20. 소천하셨습니다

데이케어센터, 주야간노인복지센터를 운영하다 보면 어르신들의 운명에 대해서 무뎌지거나 막막해질 때도 있다. 내가 운영하는 센터를 이용하다 돌아가시는 분들이 계셨다. 우리어머니도 이곳을 이용하시다 2022년 4월 소천하셨다. 이용하셨던 어르신들이 이곳을 떠나서 돌아가셨다는 소식을 소천한 뒤 상당기간 지난 뒤에 대부분 듣는다.

한때 "밤새 안녕하셨어요"란 인사가 유행했던 시절이 있다. 센터를 운영하는 사람들은 이 인사를 매일 아침 새겨보게 된다. 어르신들의 연세가 많은데다 대부분 노인성 질환을 갖고 계시기 때문이다. 어제 주일(1월 8일)에 33년생 어르신이 소천하셨다. 직원들이 문자로 카톡방에 올렸다. 주일에는 예배를 드리기 때문에 핸드폰을 꺼 놓는다. 예배를 마치고 오후 5시쯤 확인했다.

어르신은 지난 금요일 무척 힘들어하셨다. 저녁 식사는 하는 둥 마는 둥 하셨다. 그래선지 토요일에는 나오시지 않았다. 병원에 가신 줄로 알았다. 마침 토요일에 보호자가 전화를 해 왔다. 어르신 어제 매우 힘들어하셨다고 전했다. 그러면서 병원 들러보라고 했다. 그런데 이렇게 소천하셨다는 소식을 들은 것이다. 안타깝다. 지난 금요일 힘들어하시던 어르신의 모습이 계속해서 머릿속에서 지워지지 않는다. 몇일 이렇게 보낼 것 같다.

누구에게나 오는 것이지만 막상 당면하게 되면 어찌 되는가? 체념... 증오.. 불쾌... 어찌 설명할 길이 없다. 소천하시는 어르신들이 있을 때마다 이런 생각으로 머리가 복잡하다. 어르신이 주님 품에 안전하게 안기시길 기도한다.

# 21. 묵주, 감정, 자살

우리 센터에 나오시는 어르신 중 독실한 천주교인이 계시다. 아침마다 묵주를 굴리며 기도한다. 그런데 가끔 묵주를 찾느라고 혼란스러워질 때가 있다. 오늘(23년 1월 7일)도 한바탕 소동을 벌였다. 어르신들은 걷는 것이 부자연스러워도 가방은 꼭 들고 다니신다. 혼란을 진정시키기 위해 겉옷부터 가방까지 찾아보았지만 묵주는 보이지 않았다. 걱정이 태산인데 고개를 드는 순간 내가 "찾았다"하고 외쳤다.

"어디에 있어" 하신다.

"어르신 얼굴이 묵주네" 했더니 웃으신다. 그리고 이어서

"어르신 묵주가 목걸이 됐네" 했더니...

"하이고야 이게 여기 있었구나"하고 너무나 기특해 하신다. 그리고는

"감사합니다. 사랑합니다"를 연발하신다.

작은 것에 자신의 감정을 드러내는 것은 좋은 것 같다. 어르신들의 경우 이런 감정 표현은 건강함을 드러내는 것이다. 싫든 좋든 자신의 감정을 억제하는 것보다는 표현하는 것이 건강에 좋아 보인다. 하지만 감정표현은 습관이다. 가정의 분위기나 습관 등 어릴 때부터 훈련하는 교육이 중요할 듯하다.

감정표현은 중요하다고 생각한다. 감정을 해소하지 못하면 누적돼서 사고가 발생한다. 자살에 이르기까지 한다. 그래서 제때 어르신의 격한 감정을 해소시키는 방법이 필요한 것이다. 어르신들은 자기감정을 밖으로 발산시키기보다는 속으로 꾹 누르는 경향이 있다.

어르신들은 대부분 자식 또는 가정문제 등으로 문제가 발생하면 속으로 삭히려 한다. 특히 충청도 어르신들이 더욱 그렇다고 한다. 대표적인 지표는 어르신들의 자살율이다. 충청도가 노인 자살율이 1위라고 한다.

내가 대전CBS 본부장으로 근무할 때 당시 충남 경찰청장이 전화를 걸어왔다. 대전CBS에서 출판한 "충남기독교연합회 교회주소록"을 구하고 싶다고 했다. 이 책이 경찰에서 왜 필요할까요? 하고 물었다. 답변이 참으로 기가 막혔다.

충남경찰청장은 충남 당진 출신이다. 청장은 "충남지역 노인자살율이 전국에서 가장 높다"고 했다. 그래서 자살예방을 위한 서한을 각 교회에 보내기 위해 CBS가 제작한 교회주소록이 필요하다고 했다. 나도 고향이 충남 부여인지라 흔쾌히 50권을 보냈다.

교회주소록이 이렇게 전혀 의도하지 않은 곳에서도 잘 이용되는구나 하고 감사하게 생각했다. 만드는 과정이 쉽지는 않았지만 만들기를 잘했나는 생각과 함께 보람을 느꼈다. "충남기독교연합회 교회주소록"이 만들어진 경위는 다음과 같다.

# 22. "충남기독교연합회 교회주소록" 제작 경위

　나는 2009년 6월 CBS대전방송 본부장으로 발령이 났다. 나는 취임식도 하기 전에 대전과 충남기독교연합회와 교회들을 방문해서 부임인사를 드렸다. 그런데 부임인사 받기를 거절하는 기관과 교회도 있었다. 그중 한 곳이 충남기독교연합회였다. 대전CBS에서는 연합회장을 맡은 교회와 목사님도 모르고 있었다. 수소문해서 3기 연합회 회장교회가 공주중앙장로교회(예장 합동) 전갑재 목사님이라는 사실을 확인했다. 여러 차례 교회를 방문했지만 목사님을 만날 수 없었다. 노력 끝에 충남기독교연합회 회장님을 포함한 임원들과 점심 식사를 약속했다.

　대전CBS본부장 사택은 경성큰마을 아파트단지에 있었다. 새벽이면 후문에 있는 한몸침례교회에서 새벽예배를 드렸다. 전갑재 목사님과 약속이 있던 전날 사택에 퇴근했는데 잠이 오질 않았다. 나는 새벽 2시쯤 성경찬송가를 들고 한몸침례교회에 갔다. 교회에는 10여명의 어르신들이 기도하거나 성경을 보고 있었다. 나도 기도하다 새벽예배를 드리고 6시쯤 교회문을 열고 나서려는데 갑자기 머릿속을 흐르는 단어가 있었다. 그 단어는 "전/화/번/호"라는 단어다. 참으로 신기했다. 광고판에 글자가 흘러가듯이 "전화번호" 글자가 흘러 지나갔다. 방송국으로 가면서 오늘은 이 단어가 의미있는 일을 하겠구나하는 예감이 들었다.

나는 서대전네거리 연합봉사회관 9층에 있는 방송국에서 직원예배를 드리고 이어서 간부회의를 마친 뒤에 11시쯤 공주 약속 장소로 출발했다. 약속장소는 전갑재 목사님 교회 권사님이 운영하는 식당이었다. 임원중에 총무님은 부여 송간장로교회 이윤관 목사님이었다. 부여 출신 장로가 부여출신 목사님을 만났으니 너무나 반가웠다. 그 이후에도 이윤관 목사님과는 교회일 등으로 연락을 주고받았다.

식사를 하면서 전갑재 대표회장 목사님과 소통하는 시간을 가졌다. 이야기 중에 충남지역 교회 현황에 대해서 궁금해 회원교회가 몇 교회가 되는지를 질문했다. 대표회장 목사님도 총무님도 몰랐다. 그때 새벽에 내 머리를 스쳐 간 "전/화/번/호"라는 단어가 나왔다. 전갑재 목사님께 그럼 CBS가 충남기독교연합회 교회전화번호를 만들면 어떨까요 했다. 회장님도, 총무목사님도, 함께한 연합회의 다른 임원들도 이구동성으로 "그거 좋네"하셨다.

충남기독교연합회교회전화번호부 제작은 이렇게 시작됐다. 그 자리에서 이렇게 논의됐다. 전갑재 목사님은 일단은 연합회 임원 회의에서 결의하는 과정을 거쳐야 하니 기다려 달라고 하셨다. 이어서 내가 이렇게 요청했다. 대전CBS에서 충남기독교교회연합회 전화번호부를 제작하기로 했으니 16개 시군연합회에서 석극적인 협조를 요청하는 공문과 16개 시군연합회에서 파악한 교회전화부를 대전CBS에 제공해 주도록 하는 공문을 요청했다.

이렇게 전화번호부를 위한 준비는 착착 순조롭게 진행됐다. 회사에 들어와서는 충남지역 16개 시군을 4개 시군으로 묶었다. 그리고 권사합

창단을 구성할 때 확보한 권사님들의 연락처를 이용해서 봉사할 권사님들을 모았다. 권사님들은 적극적으로 참여했다. 전화국에 연락해서 필요한 임시로 사용할 전화도 설치를 부탁했다.

권사님들은 각 시군연합회에서 온 교회연락처를 보면서 각 교회에 일일이 전화하도록 했다. 우선은 교회를 확인하고 충남지역에 잠입하고 있는 신천지 이단 세력의 교회가 포함돼서는 안 되기 때문이다. 전화하면서 전화번호부에 광고할 공간도 홍보하도록 했다. 이런 과정을 거쳐서 충남지역 3,750개 교회가 포함된 "충남기독교연합회교회전화번호부"를 완성해 16개 시군연합회에 배포했다.

그리고 출간 감사 예배를 드렸다. 2011년 3월 4일 충남기독교연합회 4기 회장인 김용술 목사님의 당진 신평감리교회에서 대표회장 취임식이 열렸다. 전화번호부 출간 감사 예배는 취임식의 2부 순서로 열렸다. 이날 행사에는 충남지역 목회자 1천여 명과 충남도지사, 교육감, 충남경찰청장 등이 참석했다.

출간 감사 예배를 드린 뒤 나는 총무국장, 선교국장과 함께 서산 간월도 앞 횟집에 앉았다. 나는 허전함을 이야기했다. 몇 개월 동안 정성을 들여 제작한 전화번호부를 충남기독교연합회에 넘겼다. 마음이 허전함을 감출 수 없었으나 국장들은 아무 생각이 없었다.

나는 16개 시군연합회를 대전CBS와 어떻게 연결시킬 것인지를 고민해야 한다고 설명했다. 16개 시군연합회를 중심으로 대전CBS와 소통할 수 있는 16개 시·군 운영이사회 설립을 추진하고자 하는 내 생각을 설명했다. 직원들은 아무 생각이 없었다.

나는 이런 생각을 전화번호부를 제작하면서 안면을 익힌 목사님과 장로님들과 소통하면서 설명하니 대부분 좋다고 하셨다. 특히 예산 목사님들은 설립을 위한 공문을 보내주면 설립하겠다면서 그날 와서 인사 말씀을 해 달라고 했다.

예산은 그래서 목사님 20명, 장로님 20명 등 40명으로 예산군 대전 CBS운영위원회를 설립했다. 이사 목사님과 장로님들은 한 달에 10만원씩 CBS에 후원하기로 했다. 이사장은 교회 목사님이 맡았다. 이렇게 해서 서산까지 7개 시군운영위원회를 완성했다. 나는 본사 사장에게 임기를 1년만 연장해 달라고 부탁했다. 그런데 안 된다고 했다. 나는 이렇게 7개 시군운영이사회 구성을 완료하고 2012년 6월 말 서울 CBS본사 해설위원장으로 자리를 옮겼다.

## 23. 대통령 출마하겠다


내 이야기가 아닙니다. 우리 센터를 이용하시는 어르신 중에 군 출신이 계시다. 헌병대 대령 출신이라고 한다. 실제 대령 출신인지는 모르겠다. 센터 남자 직원들은 모두 헌병 후배로 세웠다. 어르신은 자기주장이 강하다. 가끔 나를 찾아와서는 센터를 이렇게 운영해서는 안 된다며 문을 닫으라고 한다. "당장 닫겠다"고 맞장구치면 스스로 물러갔다. 이야기하기를 좋아하시는데 대부분 그렇듯이 당신 이야기만 합니다. 남의 이야기는 듣지 않고 자신의 이야기만을 하니 다른 어르신들이 좋아할 리가 없다.

언젠가는 군에서 받은 표창장 등을 가지고 오셔서 자랑했다. 그러니 당신을 대단한 사람으로 부추겨 주면 좋아하고 올라갔던 화도 쉬 사그라진다. 부부가 함께 사는 어르신이 갑자기 안 나오셨다. 엄청 추운 날이었다.

어르신은 맨발에 고무신을 신고 있었다. 집에서 센터도 아닌 방향으로 걸어 다녔다. 집에서 출발한 시간을 보니 대략 두 시간째 방황했다. 출근하던 우리 센터 직원이 지하철역 주변에서 배회하던 어르신을 발견해서 센터로 모셨다. 보호자인 부인에게 전화를 걸었다. 집에서는 2

시간째 행방불명인 어르신을 경찰에 신고하고 잔뜩 긴장해 있었다.

보호자는 전화를 받자마자 이혼하고 싶다고 한다. 설명을 들어보니 이유가 무엇인지는 모르겠지만 새벽부터 부부가 심하게 다투고는 한순간 어르신이 혼자 말없이 사라졌다고 한다. 보호자는 한 시간이 넘도록 남편이 들어오지 않으니 경찰에 신고하고 기다리고 있었다고 한다. 우리가 보기에는 부인도 건강이 심각한 상태였다. 센터를 운영하는 사람들의 이야기를 들어보면 보호자가 수급자보다 더 심각한 경우가 많다고 한다. 남편을 돌보는 부인이 대부분 그렇다고 한다.

파출소에서 집으로 경찰이 다녀가긴 했는데도 연락은 없었다. 치매를 앓고 계셔서 바짝 긴장했다. 전화를 받고 직원들을 지하철역으로 보냈다. 날씨까지 추운데 어르신이 갈 데가 있다며 센터 오기를 거부한다는 것이다. 혼자 힘으로는 부쳐서 사무실에 지원을 요청한 것이다.

부인이 그 뒤에 센터를 방문했다. 부인은 고맙다는 말을 연거푸 하면서 남편과 화해했다고 한다. 부인에 따르면 남편이 그동안에는 대통령 출마한다며 날마다 큰소리쳤다고 한다. 그런데 외출 사고 이후로는 대통령 출마는 접기로 했다고 한다. 그러면서 어르신은 부인에게 대통령 출마도 못해 보고 얼어 죽을 뻔했다고 고백했다고 한다.

어르신은 언제 또다시 돌출적인 행동을 할지 모르는 상황이다. 치매가 그런 거지요. 판단이 안 되는 질병이니까. 무서운 질병입니다. 가끔 대통령 출마한다며 나한테도 기도 했다. 나는 어르신은 충분히 당선될 수 있으니 출마하시라고 그리고 나도 어르신을 찍겠다고 했다. 그런데 또다시 오신다. 어르신 어제 제가 어르신 찍겠다고 약속했습니다. 어르신은 아무런 감동 없이 출마 이야기만 한다.

# 24. 그림의 떡

아침 센터의 생활실은 각자의 댁에서 오신 어르신들로 분주하다. 스타렉스 3대로 거의 비슷한 시간에 도착한 어르신들의 모습은 다양하다. 소파에 앉아서 기도하는 어르신, 도착하자마자 생활실을 돌면서 운동하는 남자 어르신을 따라 3~7명이 30여 바퀴를 도는 어르신들도 있다. 어르신은 운동을 마친 뒤 아침 신문을 본다. 핸드폰에 이어폰을 꽂고 음악을 듣는 어르신도 있다. 하지만 대부분은 TV를 본다.

오늘 아침에도 TV에서 조영남의 노래가 신나게 울리고 있었다. 그때 여자 요양보호사가 출석 체크에 나섰다. 요양보호사는 노래를 중지하려고 TV리모콘을 들고서는 어르신들께 "조영남이 좋아요, 아니면 여기 있는 내가 좋아요"하고 물었다. 생활실이 조용하다.

이때 95세 여자 어르신이 "양짝 모두 좋아" 했다. 또 다른 어르신 TV에 나온 조영남을 보면서 "조영남은 그림의 떡여" 한다. 어르신들 이구동성으로 "맞아" 한다. 양짝 모두 좋다고 하신 95세 어르신이 묵주를 들고 "모두들 사랑해" 하신다. 오늘도 이렇게 하루를 시작한다.

헛말이라도 습관적인 사랑이란 단어를 입에 달고 사시는 어르신은 항상 낙천적이다. 그 어르신은 자주 중얼거린다. "언제 죽을지 모르는데 얼굴 붉히며 살 필요 있나?" 어르신들을 지켜보면서 살아오신 연륜을 통한 말씀 한마디 한마디가 가슴에 다가온다. 연륜을 통한 한마디 한마디는 진한 감동을 안긴다. 특히 치매를 앓고 있는 어르신들이라는 점에서 더욱 그렇다.

어르신들의 눈치는 10단이다. 삶을 통해서 축적된 경험과 처한 현실을 견뎌온 인고의 결과물이다. 어르신들을 통해서 처세를 순리적으로 배운다. 내가 작가라면 어르신 한분 한분을 통해서 각각의 드라마를 준비할 수 있을 것 같다. 작가가 아니라는 것이 다행이다 싶다. 100년 가까운 세월의 껍질을 통해 누적된 구수한 지혜의 맛을 어찌 쉽게 잊을 수 있을까?

산은 봉우리를 바라본 것 만으로는 만족할 수 없다. 산은 정상까지 땀을 흘리며 올라갈 때 비로소 그 맛을 느낄 수 있다. 인생의 봉우리는 하나로 만족할 수는 없다. 여러 조각으로 분리된 삶의 편린片鱗들이 모여 형성되는 것이 인생이다. 여러 겹으로 덮어 씌워진 인생의 껍질들이 한 꺼풀씩 풀려갈 때마다 삶의 진수를 느낀다. 치매를 앓고 있다고 해서 그 삶의 기억들을 무시할 수는 없다. 인간들의 삶에서 치매는 불편한 장애다. 하지만 치매 이전의 삶에 대해서는 너무나 구체적으로 기억하고 있다는데 놀랍다.

# 25. 저니 죽지 않았어

남자어르신들은 주로 뉴스를 좋아한다. 하루 종일 신문만 붙들고 계신 어르신도 있다. 자신의 사회적인 관록을 상대의 눈치는 아랑곳 하지 않고 종일 늘어놓는 어르신도 계시다. 여자어른들은 군대 이야기를 가장 싫어한다. 그럼에도 계속해서 사회 이야기를 하다 군대 이야기로 돌아가기도 한다. 점심시간을 마치면 남자 어르신들은 말이 통하는 서너 명이 사회 이야기를 하고, 그렇지 않은 남자 어르신들은 졸거나 계속해서 신문을 보거나, 조각 맞추기 등 다양한 수단을 통해서 시간을 보낸다. 반면에 여자 어르신들은 다르다. 남자 어르신들은 개별적이거나 소수가 모이지만 여자 어르신들은 집단적인 경우가 많다. 이처럼 남녀 어르신들 사이에 선호도가 다르다.

여자 어르신들은 음악듣기를 좋아한다. 최근 노래를 선호한다. 전국 노래자랑은 단골로 트는 프로그램이다. 가장 최근 것을 우선적으로 틀지만 몇 달 전 것을 트는 경우가 있다. 몇달전이면 자연스럽게 송해가 등장한다. 송해가 등장하면 한편에서 "저니 죽지 않았어?" 하고 웅성거린다. 하지만 크게는 하지 못한다. 연세가 많다보니 일정 부분 자신의 경우도 비춰보는 듯하다.

자신의 것이 좋은 경우라면 몰라도 죽음과 관련되면 숙연해진다. 죽음은 나이와 관계없는 것 같다. 생명의 끝은 반복되지 않는다. 그것으로 끝이다. 그러니 숙연해 질 수 밖에 낙엽은 시간이 지나면 다른 모습으로 반복된다. 그것도 1년이란 기간을 중심으로 그래서 단명한 것은 반복된다. 하지만 생명이 길면 반복이 어렵고 확인할 수도 없다. 그러기에 숙연해지는 것은 아닐까?

# 26. 일등이라는 관념

날씨가 이젠 완연한 봄이다. 코로나만 아니면 봄을 만끽할 수 있을 것 같은 안타까움이 앞서는 하루하루다. 오늘도 다름없이 어르신들을 태운 차량이 예정 시간에 맞춰 들어온다. 1차로 차량 3대가 도착하면 생활실이 시끌시끌하다. 어르신들은 매일 아침 오시지만 마치 처음 보는 사람을 만났거나 오래전에 헤어진 뒤에 만난 것 같은 모습이다.

그리고 "한결같이 우리가 일등이다"라고 외친다. 항상 일등이어야 하는 어르신들, 그게 삶이었다. 우리 사회가 일등만 알아주는 사회가 아니던가? 어르신들이 지낸 세월에는 더욱 그렇다. 과거에도 지금도 우리 사회는 일등만 살아남는다.

세상 풍파를 견뎌낸 어르신들 역시 뇌리에는 일등으로 계셨다. 어르신들은 생활실에 이미 어른들이 계시는데도 1등으로 오셨음을 주장한다. 어르신들을 맞이하는 나로서는 모든 어르신들에게 "어르신 1등입니다" 외치면 어르신들은 기분 좋아한다. 1등이라는 한마디가 오래 지속되지는 않는다. 하지만 잠시나마 어르신들을 기쁘게 한다. 역시 세상은 이런 1등이라는 기분의 연속에서 지탱한다. 우리 사회는 고래로부터 1등만이 사회의 우두머리로 살아 존재할 수 있었다.

자신이 일등으로 남기 위해 부모도, 형제도, 심지어 자식까지도 없애야 했다. 그만큼 일등을 위한 사회, 일등을 유지하기 위한 사회는 잔인했다. 요즘도 일등을 위해 얼마나 많은 갈등을 하는가? 너무나 심각해서 볼 수가 없다. 나 아니면 안 된다는 잔인한 권모술수가 얼마나 난무한가?

하지만 나는 오늘도 매 순간순간 1등 이신 어르신들과 즐거운 하루를 시작한다.

# 27. 사라진 어르신

요즘처럼 신문이나 라디오, TV 등 방송매체 외에도 다양한 SNS가 등장한 시대에는 세상을 접하는 기회도 다양하지만 지구촌이 좁아진 것마냥 그 곳에 가지 않고도 접할 수 있는 수단이 증가한 것이다. 또 현장에 있는 것처럼 대상에 밀접하게 다가갈 수도 있다. 심지어 숨소리까지도 느낄 수 있을 정도다. 그만큼 관심을 가지면 그 대상에 다가설 수 있는 수단이 다양하다. 어릴 때 TV를 보고 놀란 것은 저 작은 통 속에 사람이 들어갈 수 있을까? 하는 의문이었다. TV통 속에서 보여주는 세상은 내가 직접 가지 않고도 간 것보다 더 자세하게 집에서 볼 수 있으니 얼마나 편리한 수단인가? 그러나 미디어가 보여주는 만큼만 세상을 알 수 있다. 저편에 제작자의 그리고 미디어 회사의 제작 의도가 깔려있다는 사실이다.

항상 티브이 앞에서 저 프로그램의 의도는 무엇일까? 생각한다. 세상에 종합편성 채널이 등장하면서 더욱 노골화되었다. 그 의도에 따라서는 세상을 혼란에 빠트릴 수도 있다.

어제 센터에서는 아침부터 부산했다. 아침에 차량 2대가 1시간 간격으로 두 번 운행한다. 첫 차가 들어오고 두 번째 차가 들어올 시점에 요양보호사가 급하게 핸드폰을 울렸다. 남자 어르신이 센터로 올라오는 엘리베이터 타는 것을 거부하고 밖으로 나가버렸다는 것이다. 급히 5층에서 1층으로 내려갔더니 어느새 어르신 부인도 와 있었다. 센터에 안 나간다는 것을 설득해서 모시고 왔던 모양이다.

방향을 잡지 못하고 방황하는 어르신을 찾아 나섰다. 경험상 어르신은 한쪽 방향으로만 간다. 어느 쪽일까? 보통은 왔던 방향을 찾아 되돌아간다. 집 방향으로 뒤를 쫓았다. 예상대로 어르신은 공항대로 넓은 도로를 건너 집이 있는 염창동 쪽으로 가고 있었다. 어르신을 설득해 부인이 있는 센터 앞 공원에 모시고 왔다. 부인이 얘기 좀 하자며 나를 공원으로 끌었다. 부인을 앞세우고 조그만 공원으로 들어가 긴 의자에 세 사람이 앉았다.

부인은 어르신에 대해서 설명하기 시작했다. 어르신은 스스로 억제할 수 없는 화를 갑자기 낸다고 한다. 원인은 알콜성 치매다. 알콜성 치매라는 사실은 어르신 본인도 알고 있다고 한다. 어르신에게는 안정이 중요하다. 주변 공원을 찾은 것은 화를 안정시키기 위한 것이다. 부인과 이런 저런 대화를 나눴다.

남편은 착실한 직장인이었다. 집과 직장만 아는 다소 내성적인 성격이다. 성실한 남편 덕에 경제적으로 부족한 면이 없었다고 한다. 남편의 얼굴을 보면서 안타까워했다. 앞으로 3년을 기다릴 작정이라고 했다. 주변에서는 고생하지 말고 요양원이나 요양병원으로 보내라고 한다. 힘들지만 아직은 아니라면서 눈물을 비쳤다. 시간이 갈수록 어르신의 인지 저하증/치매 상태는 깊어져 가고 있음을 느낀다고 한다. 어르신은 목욕 후 벗은 모습을 다른 사람에게 보이는 것을 싫어한다. 특히 TV 앞에서 벗은 모습으로 서 있는 것을 두려워한다고 한다. 저 통에 사람들이 어떻게 들어갈 수 있을까? 그것을 공포로 여긴다. 아마도 어르신에게 폐쇄 공포증이 있는 것 같기도 하다. 거꾸로 저 사람들이 나의 벗은 모습을 훔쳐보지 않을까 하는 두려움에 공포를 느끼는 것은 아닐까? 그래서 옷을 갈아입을 때는 항상 TV의 소리를 줄인다고 한다. 미디어 학자 윌리엄 포레는 "미디어가 보여주는 만큼 세상을 안다."고 했다. 이 병은 미디어가 나를 감시하는 수단으로 인식하고 있다는 사실이다. 이 병이 극복될 그날을 고대한다.

# 28. 치매교육은 어릴적부터

    84세 남자 어르신이 오전 7시30분 엘리베이터에서 내려 센터에 들어왔다. 센터 주변을 배회하시는 어르신을 출근하는 직원들이 발견하여 센터로 모셔 왔다. 나는 깜짝 놀랐다. 우리 센터를 이용한 3년여 동안 이런 적이 한 번도 없었다. 어르신 댁에서 전화도 오지 않았다.

    어르신 댁에 전화해서 어르신 센터에 도착했다고 알렸다. 댁에서는 당연하다는 듯한 반응이다. 보호자는 어르신의 부인으로 연세도 많고 건강도 그렇게 좋은 편은 아니었다. 하지만 남편의 인지저하증/치매에 대해서는 우리만큼 심각성을 가지지 못한 것 같아서 안타까웠다.

    아마도 남편이 평생을 직업군인으로 보냈기 때문에 인지저하증/치매는 생각하지 않는 것처럼 보였다. 보호자들은 대부분 인지저하증의 심각성을 잘 인식하지 못 한다. 이 가정은 안이해도 너무 안이했다. 인지저하증/치매는 지위고하와 관계없이 아무에게나 달라붙는다는 사실을 인식해야 한다.

    어르신은 해병대에서 대령으로 정년퇴직했다. 어르신은 군 생활에 대해서 자주 설명하다 여자 어르신들로부터 핀잔을 듣기도 했다. 하지만 자부심은 대단했다. 가끔 일장 연설도 한다. 겉으로 봐서는 인지저하증/치매로 인식하기 어려워 보일 때도 많다.

치매는 가족들을 긴장시킨다. 갑자기 당하는 것 같지만 그렇지는 않다. 연구자들은 예쁜 치매, 착한 치매 구분하지만 구분하기는 어렵다. 치매는 치매일 뿐이다. 치매는 가족 중에 당한 사람이 있어야만 관심을 가진다. 우리 센터가 현재위치에서 10년 가까이 있었는데 센터 주변에 사는 어르신들이 여기에 있는 줄 몰랐다면서 오는 경우가 있다. 인지저하증/치매 어르신 가정은 다양하게 반응한다. 우선은 당황스러워한다. 왜 우리 집에 하고...

치매는 치료해서 나을 수 있는 질병은 아니라는 것이 지금까지의 정설이다. 아직 치료 약이 개발되지 않았기 때문이다. 그 상태로 계속 더 나빠지지 않도록 유지해야 하는 질병이다. 다시 말하면 관리해야 하는 질병이다. 갑작스러운 증상을 진정시키는 안정제를 주로 투약한다.

치매는 한가지 질병으로 인한 것이 아니라 여러 가지 질환들이 복합적으로 작용하여 일어나는 증상이라고 한다. 그래서 신드롬(Syndrome), 즉 증후군이란 표현을 사용하기도 한다. 대표적인 치매는 알츠하이머형 치매다. 전체의 70%를 차지한다. 다음은 혈관성 치매가 20%, 하지만 혈관성 치매는 줄어들고 있다고 한다. 우리 센터에서는 수혈로 인한 혈관성 치매 어른이 계셨다. 나머지 10%는 50여 가지가 넘는 유형의 치매다. 그만큼 치매 질환의 유형은 다양하다. 치매 증상의 유형 역시 다양하다. 배회, 망상, 작화, 공격적인 언행, 불안, 초조, 피해의식 등 증상의 유형은 100여 가지로 나타난다. 요양원이나 데이케어센터, 방문요양 등 장기요양기관을 운영하다 보면 다양한 유형의 치매 증상을 경험한다. 인지저하증/치매 어르신들을 돌보다 보면 착한 치매와 나쁜 치매로 구분하기도 한다. 인지저하증/치매 인구는 100만명이 넘을 정도로 일반화되었다고 한다.

데이케어센터를 운영하면서 어릴 때부터 치매 교육을 해야 한다고 생각한다. 또한 치매를 예방하기 위해 치매에 대한 이해와 건강 유지, 치매 예방을 위한 운동 등이다. 치매에 걸릴 때부터 기억력은 서서히 약해진다. 대부분 나이 들어서 건망증이 심해졌다고 생각하기도 하고 노력하면 나아질 수 있다는 생각도 한다. 인지저하증/치매와 망각은 다르다.

우리 센터를 이용하는 어르신 중에는 농어촌 출신도 많다. 농어촌에서 부부가 농사짓다 갑자기 영감님이 돌아가셔서 그 충격으로 인지저하증/치매를 앓고 있다. 보호자인 자녀들에 따르면 부친이 사망 후 어머니한테 갑자기 인지저하증/치매가 왔다고 한다. 부인이 돌아가신 그 충격으로 인지저하증/치매가 온 남자 어르신을 나는 아직 경험하지 못했다.

보호자들은 어머니의 인지저하증/치매로 인해서 고향 경찰서로부터 몇 차례 소환을 당했다고 한다. 부모님에게 이런 일이 있을 줄은 전혀 예상치 못했다. 인지저하증/치매는 예고하고 오지 않는다. 예측불허의 질병이다. 인지저하증/치매는 충격의 틈새를 찾아 순간적으로 다가온다. 이런 충격을 사선에 방지하기 위한 대안은 인지저하승/치매에 대한 예비적인 지식을 갖추는 것이다.

## 29. 문제는 인지다

　화장실에 있는 하얀 변기가 신기할 때가 있었다. 국민학교를 졸업하고 중학교에 진학했을 때다. 그 당시 농촌은 대부분 재래식 화장실을 이용했다. 중학교는 조선시대 현감이 정사를 보던 현청이 있던 부여 홍산면 소재지에 있다. 보통 읍내라고 부르는 읍내에 있었다. 5일 장인 홍산장은 부여군, 서천군, 보령시(당시 보령군) 등 지역에서 가장 사람이 모이는 곳이다. 홍산장은 우리 집(부여군 옥산면 홍연리)에서 2시간을 걸어가야 한다.

　전기도 안 들어오던 우리 동네에서 홍산면 소재지는 도회지였다. 왕복 4시간, 거리는 60리다. 어느덧 70세인 친구들이 모이면 우리는 어릴 적 많이 걸어서 건강하게 오래 살 것이라고 이야기한다. 하지만 친구들 중에는 벌써 하늘나라로 간 친구들도 있다.

　중학교는 농업고등학교의 병설로 일제 강점기에 세워졌다. 그래서 아버지와 우리 3형제는 같은 중학교를 졸업한 동창이다. 중학교는 지역에서 가장 큰 건물이다. 중학교에 진학하고 보니 신기한 것들이 많았다. 그중 눈에 띄는 것은 화장실의 변기였다. 처음에는 이용할 줄을 몰라서 어쩔 줄을 몰랐다. 급하면 변기에 손을 씻는 아이도 있었다.

센터에 한 어르신이 장애인 화장실에 들어가서서는 나올 줄을 모른다. 안에서 무엇을 하는지 조용했다. 한참 뒤에 문이 열렸다. 어르신 손에는 좀 전에 변 실수한 팬티를 들고 있었다. 팬티를 변기에서 세탁한 것이다. 어르신들은 자신의 부족한 부분을 드러내지 않는다. 자존심을 무너트린다고 생각한다.

벨을 눌러서 직원들을 부르면 깨끗하게 처리해 드리는데 어쩔 줄을 몰라 하신다. 그리고 댁으로 가시겠다고 고집을 부린다. 이런 경우에는 군중심리를 자극한다. "어르신! 여기 앉아계신 어르신들 다 그래요" 하면 어르신 긴장했던 얼굴이 펴지면서 생활실로 들어가신다. 자신의 추한 모습을 남에게 드러내지 않으려는 80대 어르신들의 정서가 깔려 있다.

어르신들은 타인에 의지하기보다는 스스로 해결하려는 본능이 있다. 잘하고 못하고는 생각하지 않는다. 남에게 피해만 주지 않으면 된다고 생각하는 듯하다. 하지만 인지저하증/치매가 깊어지면 달라진다. 어르신에 따라서 소변은 2~3시간, 대변은 4~5시간 간격으로 직원들이 화장실로 모신다. 어르신들의 그 반응 정도는 치매 정도에 따라 달라집니다.

변기는 알든 모르든 이용자의 사용 목적에 충실하다. 방해하는 것은 고성 관념이다. 변기에 손을 씻을 수도 있고 세탁도 할 수 있다. 용도를 잘 몰랐거나 인지의 문제다. 그것이 깊어지면 병이 된다. 우리는 자존심이란 병과 또 인지저하증/치매란 병과 싸우고 있다. 이제 인지저하증/치매를 치료할 수 있는 치료 약이 나올 때가 되지 않았을까?

2장

/

# 웃음은 보약이고
# 대화는 젊게 한다

# 1. 여기가 우리들의 친정 여!

　43년 동안 초등학교에서 교편을 잡았던 36년생 여자 어른이 계셨다. 지금은 가정 사정으로 요양원으로 가셨다. 초등학교에서 교감선생님으로 퇴직하신 어른은 말주변이 남달랐다. 입소 초기에는 막말과 육두문자로 자신이 이곳에 온 것이 억울하다고 호소했다. 자신은 이런 곳에 와서는 안 된다는 자부심이 강한 분이었다. 나는 어르신이 센터에 적응할 수 있을까? 걱정했다. 보호자들도 거의 매일 우리 어머니가 어떠신지 염려 섞인 전화를 해 왔다.

　어르신의 인지저하증/치매 증상은 심각했다. 자신을 센터에 보낸 자식들에 대한 불만이 이만저만이 아니었다. 자신은 집에 있어도 정상적인 생활을 할 수 있는데 이곳에 보냈다며 3남매에 대한 불만이 컸다. 더더욱 자신은 인지저하증/치매가 아니라는 사실을 직원들에게 호소했다. 그러면서 자식들에 대한 불만을 노골적으로 드러냈다. 건물까지 사 줬는데 엄마를 이런 곳에 버렸다며 그래서는 안 되는데 하면서 불만을 드러냈다. 대부분의 어른들은 자식들에 대해서 험담은 하지 않는다. 이 어르신은 달랐다. 여러 날을 아침부터 저녁까지 센터가 자신에게는 맞지 않다고 강조하고 강조했다.

하지만 가끔씩 어르신을 모시고 나오는 작은 며느리에 대해서는 남달랐다. 물론 초창기에 적응기까지 1달여 동안에는 성토의 대상이기는 했지만 1년여 이용하시면서 작은며느리에 대한 칭찬은 대단하셨다. 작은 며느님도 지혜롭게 시어머니를 잘 보살폈다. 작은 며느님은 어르신이 가장 예뻐하는 이 지역 외고에 다니는 손녀딸에게 센터에서 자원봉사를 하도록 했다. 자연스럽게 손녀딸이 올 때마다 다른 어르신들에게 손녀딸 자랑이 늘어지셨다. 이렇게 어르신의 자존감을 높여주는 것은 작은 며느리의 지혜다. 손녀딸은 대학에 합격한 뒤에도 몇 개월 동안 자원봉사를 계속해서 요양원에서의 어르신의 생활을 전해 들을 수 있었다.

어르신의 센터 생활은 충격의 연속이었다. 명상 프로그램 시간에서 있었던 이야기다. 명상시간은 대략 2~30분 동안 조용한 음악을 들려주면서 요양보호사가 과거 이야기를 회상하도록 안내한다. 주로 좋았던 이야기를 회상하도록 하고 명상이 끝난 뒤에는 명상하고 난뒤의 느낌을 돌아가면서 발표하도록 한다. 어르신들은 자신을 드러내고 싶거나 자랑하고 싶은 이야기들을 이어간다. 이야기를 들으면서 웃기도 하지만 특별하지 않고는 대부분 무표정하다.

어느 어르신은 10대에 큰 식당을 운영하는 시댁으로 시집와서 종일 놋쇠 그릇을 닦아야 했던 일을 거의 매일 반복해서 이야기했다. 자신의 시집살이를 설명하는 것이지만 은근하게 큰 식당을 운영했음을 자랑한 것이다. 또 다른 어르신은 남편은 경찰관이었다고 한다. 남편의 구체적인 역할을 설명하지 않았다. 한여름에 들판으로 오전 오후 새참 바구니를 머리에 이고 들판에 낸 이야기를 반복해서 강조했다. 호남지역에서 부농이었음을 드러내고 싶었던 속마음을 은근히 나타낸 것이다. 마지막으로 교사 출신 어르신이 나섰다. 어르신은 가장 기뻤을 때를 "우리 남편이 죽었을 때"라고 했다. 어르신의 충격적인 답변에 다른 어르신들은 경악을 금치 못했다. 함께했던 강사도, 어르신들도, 요양보호사도 놀라지 않을 수 없었다.

남편은 부인과 같이 교사 생활을 했고 교장으로 교직을 마쳤다. 보수적인 남편은 가정생활도 엄했다고 한다. 이런 이야기를 만들어 낸 것이 아닌 가슴 저변에 담겨진 기본감정이 아닐까? 생각한다. 인지저하증/치매는 본성을 드러낸다고 한다. 4~5살 어린이는 거짓말을 할 줄 모릅니다. 인지저하증/치매 어르신은 4~5살 어르신과 비슷한 수준의 지능을 보인다고 한다. 어르신의 이 생각은 남편에 대한 당시 감정일 것이라는 생각을 하면서 인지저하증/치매가 비극을 안겨주는 것이라는 생각을 한다. 그 뒤로 명상 시간을 취소시켰다. 차후 명상 시간을 갖더라도 깊은 개인 생각은 묻지 않기로 했다.

그 일이 있은 뒤 어르신은 매사에 적극적으로 참여했고 목소리도 컸다. 교사 출신으로 논리적이고 달변이었다. 목소리가 큰 어르신 주변으로 어르신들이 자연스럽게 모여들었다. 앉는 자리도 고정돼서 한쪽을 차지했고 다른 어르신들은 얼씬도 하지 못했다. 하나의 또래집단이 형성되었다. 재미있는 현상이다. 사람이 모이면 항상 리더가 등장한다. 우리 센터 어르신들도 그런 셈이다. 한 달쯤 지나면서 어르신의 말씀이 달라지셨다. 센터에 대해서 부정적인 어르신은 1개월 정도 지나면서 태도가 완전히 달라졌다. 어떻게 저렇게 바뀔 수 있지하고 직원들이 놀랄 때 더욱 놀라운 일이 발생했다.

어르신들은 아침마다 송영차를 타고 센터 건물에 도착해서 엘리베이터를 타고 5층에 올라온다. 그런데 그 어르신은 엘리베이터에서 내려 센터에 들어서면서 "여기가 우리들의 친정여...!!" 하고 외쳤다. 어르신을 맞이하는 나를 비롯해 직원들을 깜짝 놀라게 했다. "아니 어르신이 저렇게 바뀔 수 있지하고..." 습관은 무서운 것이다. 비판만 하던 어르신이 갑자기 가족들 특히 자녀들 모두를 칭찬으로 일색했다. 센터에서 다양한 프로그램의 효과일까? 어르신을 돌변시킨 요인이 무엇인지 궁금했다. 그 변인變因을 아직은 찾을 수 없다. 아무튼 센터를 이용하면서 어르신의 일상생활이 안정을 찾았다는 증거가 아닐까? 이렇게 생각한다. 하지만 어르신은 얼마 지나지 않아서 요양원으로 가셨다. 인지저하증이 심하지 않은 상태였는데 가정에서 견디기 힘든 일이 있지 않았나 생각한다. 그렇게 한 어르신이 우리 센터를 떠나셨다.

## 2. 여기에 나와야 웃어

　날씨가 추워진다. 연세가 드신 어르신들이 생활하는 우리 센터는 날씨에 민감하다. 그 이유는 덥거나 추우면 어르신들의 거동이 어렵기 때문이다. 더울 때는 어르신들의 결석이 거의 없었다. 센터에서 냉방기로 시원한 환경을 유지하기 때문일 것이다. 보호자들은 어르신이 댁에 계신 것보다 센터로 가시는 것을 적극적으로 권한다. 가정에 계신 것보다 센터에 계셔야 마음이 놓이고 생업에 종사할 수 있기 때문이다. 그래서 어르신들이 시원하게 생활할 수 있도록 해줘서 고맙다는 보호자들의 인사를 자주 받았다.

　우리 센터는 설치 후 2번째의 겨울을 맞는다. 사실 3번째(2015년 12월 4일 사용승인)로 겨울을 맞는 것이기는 하지만 첫해에는 어르신들이 몇 분 안 계셔서 깊은 기억이 없다. 지난겨울도 특별한 기억이 없다. 정원 47명이 채워지지 않아 정원을 채우는데 모든 정력을 쏟았기 때문이다. 올해는 다르다. 어르신들이 많아지면서 좋아하는 것도, 요구하는 것도 다양하다. 그러나 공통적인 것이 있다.

　"우리는 여기에 나와야 웃어 그나마....."

　이구동성으로 어르신들이 하시는 말씀이다. 어느 어르신은 웃음은 보약이라고도 한다. 보약 여러 재 드시고 가신다며 즐거워하시는 어르신들 보면 뿌듯하지만 한편으로는 안타깝다. 어르신들은 어떤 상황이든 그 상황에 민감하다. 감정표현도 상당히 박하다. 하루 종일 무표정하게 계시다 댁으로 가시는 어르신도 많다. 어르신들은 매 프로그램마다 호불호가 크다. 실증을 자주 내기도 한다. 원인을 알 수 없는 인지저하증이 어르신들의 삶을 우울하게 한다. 가능하면 치료제가 하루 빨리 나왔으면 좋겠다. 그리고 무표정하고 무관심한 어르신들에게 밝은 웃음을 선사할 프로그램이나 도구들을 개발하는데 진력해야 한다는 생각을 한다. 고진감래苦盡甘來라 하지 않았던가? 어르신들의 웃는 모습을 보면서 나도 웃고 싶다.

(2017.11.30.)

# 3. 원장님 오늘 보약 여러 재 먹고 갑니다

2017년 5월 70대 어르신이 딸과 함께 상담하겠다며 센터에 들어섰다. 70대 어르신은 자신에 대한 상담이 아니라 자신보다 15살이 많은 언니에 대한 상담을 위해 우리 센터를 방문했다. 여동생은 언니에 대해서 자초지종自初至終을 울면서 설명했다. 언니는 30년생 여자 어르신이다. 언니는 젊은 시절부터 어느 절에서 60여년 동안 '공양간 공양주'로 일해 왔다. 언니에게는 딸린 가족도 없다. 언니는 절이 집이라 생각하고 지냈다고 한다. 그런데 조용하던 절에 이유는 알 수 없지만 변화가 왔다.

주지 스님이 갑자기 바뀠다. 주지 스님이 바뀌면서 공양간을 담당하던 90 연세인 어르신의 언니도 사실상의 구조조정을 당한 것이다. 오갈데가 없어진 어르신은 15살 연하의 여동생 집을 찾았다. 동생이 울며불며 3시간 동안 설명한 내용의 요약이다.

문제는 그다음이다. 절에서 돌아오신 어르신의 언니는 안타깝게도 실어증이 생겼다. 병원에서 진찰 결과 우울증과 인지저하증/치매가 동시에 겹쳐 왔다고 한다. 실어증이 온 것은 우울증과 인지저하증으로 의사는 설명했다. 갑작스러운 해고의 충격으로 인해서 실어증이 온 것이다. 동생 어르신은 이렇게 설명했다. 나는 그럴 수도 있겠다 싶었다. 70대 중반의 여동생뿐인 어르신은 갈 곳이 없어 얼마나 당황했을까 하는 안타까운 생각이 들었다.

어르신은 서류를 갖추고 몇 일 뒤에 입소했다. 어르신은 센터에 들어서시면서 합장으로 인사를 하신다. 아마도 70년 가까이 체화된 삶의 일부일 것이다. 어르신은 말씀은 거의 하지 않는다. 나는 실어증 때문일 것이라고 생각했다. 그런데 어르신들 사이에서는 인기가 있었다. 어르신에게는 사찰에서 오래 생활한 채취가 묻어있었다. 농담과 패설은 일가견을 이뤘다. 어르신들 사이에서 농담 패설로 인기를 누렸다. 아마도 오랜 사찰 생활에서 얻은 경험을 풀어내는 것 같았다. 어르신이 이야기할 때는 좌중이 집중해서 이야기를 듣고는 어르신들이 배꼽을 잡았다. 시간이 지나면서 분위기에 익숙해지면서 어르신이 말씀하는 이야기도 길어져 갔다. 실어증은 사라졌다. 어르신이 입소한 뒤 6개월쯤 지났을 때다. 어르신들이 댁으로 돌아가는 저녁 시간이었다. 어르신이 갑자기 사무실에 들어서셨다. 그리고는 "원장님, 오늘 보약 여러 재 먹고 갑니다" 하셨다.

"누가 보약 사다 드렸어요" 했더니

"아니, 센터에서 하루 종일 웃었으니 보약 여러 재 먹은 거지요" 하신다.

어르신은 오늘도 합장으로 인사를 하신다. 그리고 댁으로 돌아가셨다.

어르신은 단아한 체구에 항상 미소있는 얼굴로 대한다. 센터에 들어서면 정수기에서 물을 받아 목을 축인다. 말씀은 많이 하지는 않았다. 세월만큼이나 깊은 의미가 어르신의 행동거지에 녹아 있다. 90평생을 살아오신 어르신을 볼 때마다 삶의 질곡이 만만하지 않았음을 느끼게 한다. 어르신은 4년 정도 이용하시고 전셋집 보증금이 인상되어서 김포 쪽으로 이사한다며 우리 센터를 떠났다. 어르신은 어느 곳에 계시든지 꿋꿋하게 살아 버틸 것으로 생각한다.

# 4. 어르신들에게 복을 짓는 센터

　나는 34년 동안 직장생활을 했다. 직장을 은퇴하고 개인사업을 시작한 지 2년이 다 되어 간다. 어제는 기쁜 소식도 들어왔다. 두 차례 도전 끝에 서울형으로 인증을 받았다. 서울시로부터 3년 동안 지원을 받는 시설이다. 서울형이라고 해서 경제적으로 큰 도움이 되는 것은 아니다. 어르신들에게 더 나은 서비스를 제공하려는 나의 의지를 수용한 것이어서 기쁘다. 직원들에게는 복을 짓는 데이케어센터라는 밭을 함께 지어가자고 했다. 어느 어르신의 말씀처럼 매일매일 보약 한 재씩 먹고 가는 센터가 되도록 하는 것이 내 마음이다. 서울형은 이용 어르신이 30명 이상일 경우 서울시로부터 매월 300만원을 지원받는다. 지원금의 80%를 식비와 운영비로 사용할 수 있다. 하지만 국민기초생활보호(국기초) 대상자 어르신은 식비를 센터에서 지원해 줘야 한다. 그들에게서는 식비를 받을 수 없다. 우리 센터는 국기초 어르신이 10명이 넘으니 1인당 한 달에 15만원씩 150만원 이상을 식대로 지급해야 한다. 서울시로부터 300만원을 받아 150만원은 국기초 어르신들의 식비 지원금으로 사용한다. 서울형이 되고 보니 이름은 번들하지만 좀 그렇다. 서울형이라는 이름을 빼고는 설립자 입장에서는 특별한 이익 즉 메리

트가 없다. 서울형 유효기간은 3년이다. 2020년 11월 30일로 서울형을
마감한다.

　다시 재도전해 보려고 생각하다가 주변 동업자들은 3년 경험한 것으
로 만족하라며 재도전을 만류했다. 미련은 두고 있지만 일단 접었다. 그
래도 나는 직원들과 함께 어르신들에게 복을 짓는 "목동중앙데이케어
센터"를 만들어 갈 것이다.

(2017.12.1)

# 5. 나 여기 나오면 좋아

사람은 누구나 칭찬을 받으면 좋아한다. 더욱이 자신이 하는 시설이나 가정, 자식에 대해서 주변의 좋은 반응이 나오면 좋아한다. 나 역시도 마찬가지다. 팔불출이 아니라는 이야기를 설명하고 싶은 것이다. 오늘 아침이다. 우리 센터에 3개월 정도 나오신 어르신이 있다. 그 어르신의 실내화 챙겨드리는 나에게 한마디 하셨다.

"나 여기 나오면 기분이 좋아"

내가 어르신을 바라보면서 "감사합니다." 했더니

한차로 함께 오신 어르신들도 이구동성으로

"그래서 우리가 매일 여기에 모이는 거여" 하신다.

한 해가 저물어 가는데 듣기 좋은 어르신들의 말씀으로 하루를 시작한다.

자신이 운영하는 시설을 이용하는 어르신들에 대해서 최선을 다해서 돌보는 것은 당연한 일이다. 이런 노력으로 어르신들이 이용하는 시설에 대해서 긍정의 정도가 높다는 것은 인지저하증/치매를 더욱 깊어지지 않도록 하는데도 당연히 좋은 일이다. 칭찬은 곰을 춤추게 한다는 말이 있다. 긍정은 어르신이 앓고 있는 인지저하증/치매를 깊어지지 않도록 하는 힘의 근원이 될 것이다. 어르신뿐만 아니라 칭찬의 말씀을 듣는 나 자신은 더욱 기쁘다. 어르신들로부터 그리고 어르신의 보호자로부터 긍정적인 반응은 나에게는 큰 힘이 된다. 어르신들의 긍정적인 반응과 함께하는 2017년 년말의 아침은 더 나은 2018년을 기약하도록 한다.

(2017.12.21.)

# 6. 우리 할머니 같은 어르신들

한 어르신이 댁으로 귀가하기 위해 실내화를 벗고 외출용 신발로 바꿔 신었다. 그리고는 사무실 앞에서 있는 나에게로 와서는 내 손을 꼭 잡았다. 내 손에 뭔가를 꼭 쥐어준다. 손바닥을 펴보니 인삼 사탕이다. 어르신들은 센터에서 종사하는 일하는 사람들에게 무엇인가를 주고 싶어 한다. 아마도 측은하게 보였기 때문일까?

어르신들의 일거수 일투족 ─擧手─投足을 도와주는 것에 대한 고마움의 표현일 것이다. 어르신들은 우리가 어르신들을 돕기 위해 이곳에 있는 것으로 알고 있다. 대부분 직원들에게 고마움을 느끼고 계시다. 물론 당연한 것으로 여기는 어르신들도 계시다. 사탕 한 개가 별 의미 없어 보이기도 하지만 어르신 입장에서는 크나큰 관심의 표현일 것이다. 감사는 자주 표현할 때 감정의 벽을 초월한다. 감사를 습관적으로 표현하는 어르신도 계시지만 그렇지 않은 어르신들도 계시다. 아마도 그런 표현을 낯설어하는 사회적인 분위기 때문이라고 생각한다. 그래서 감사는 습관이라고 한다. 감사하는 마음 없이 형식적으로 뇌일 수도 있다.

하지만 감사가 마음이나 감정에서 배인 것이 아닌 말뿐인 감사라 할지라도 "감사" 그 한마디가 쇠처럼 단단한 감정의 벽을 여름철 얼음 녹

듯이 사라지게 할 수도 있다. 사람은 항상 감정으로 인해서 모든 행동이 시작된다는 점을 인지해야 한다. 감정 없는 행동은 없다 해도 과언은 아니다. 모든 행동에는 좋거나 나쁜 감정이 실리게 마련이다. 우리 일상생활에서도 말투에 감정이 실리게 마련이다. 그래서 감정은 감정으로 풀어야 한다.

감정이 얹혀진 말투로 싸움도 하고 사과도 한다. 감정이 없는 말투는 상대에 대해 관심도 없다는 의례적인 것이라는 의미다. 그런 말투는 누구나 쉽게 알아듣는다. 진정성이 없다고 한다. 이런 말투는 다툼을 오래도록 지속시킨다. 조심해야 할 일들이다.

어릴 때 할머니가 심방이나 마실 다녀오시면 손수건에 싼 사탕을 주셨다. 할머니는 그 손수건으로 기도하며 흘린 눈물을 닦기도 코도 풀었다. 그런데도 할머니가 주신 그 사탕이 달고 맛있었다. 이런 이야기를 하면서 어르신에게 우리 할머니 같다고 하니 눈물을 글썽이신다. "왜 그러시는데요 하니?" 반응이 없다. 어르신들은 속마음을 드러내는 일이 거의 없다. 그냥 삭히신다. 우리나라 대부분의 어르신들이 그런 것처럼 그냥 웃고 만다.

가정에 무슨 사연이 있는 것은 아닌지 그냥 생각해 본다. 어르신들은 자식들에게 흉으로 비춰지는 말씀은 절대 하지 않는다. 대화 중에도 조심스러운 어르신들의 모습을 본다. 어르신 댁으로 가시면시 내내 눈물을 흘리실 것이다. 어르신의 자식들에 대한 애증의 그림자가 스쳐간다.

# 7. 등으로 지면 짐이 되고 가슴으로 안으면 사랑이

　살아가면서 닥치는 상황들을 어떻게 받아들이냐에 따라 생각이나 행동이 달라진다. 비록 하찮은 일이더라도 받아들이기에 따라 경중이 달라진다. 하찮은 일이라 하더라도 등으로 지면 가볍게 넘겨 버릴 수 있지만 가슴으로 안으면 사랑으로 발하여 세상을 포근하게 할 수 있기 때문이다.

　사회복지 현장에서 빈번하게 접하는 상황들이다. 그래서 사회복지는 내일로 미루는 일들이 아니라 발생한 시점을 기준으로 시급하게 해결해야 한다. 사회복지에서는 내일이 없다. 내일로 미루다가 그 사이에 임종을 당하는 경우가 많았다. 나는 항상 "Here and Now" 개념을 강조한다. 사회복지 현장에서 내일로 미루면 해당 Crew는 그 사이에 하늘나라로 떠나 있을지 모른다.

　주어진 상황을 긍정 또는 부정적으로 생각할 때가 많다. 상황을 어떻게 수용하고 생각하고 처신하느냐에 따라 상황에 대응하는 처신이 달라지고 그 삶도 달라진다. 똑같은 상황을 거추장스럽고 귀찮고 버거운 것으로만 바라보면 짐이 된다. 하지만 가슴으로 품어 이해하려 하고 사랑으로 품으면 상황이 바뀔 수 있다. 상황을 일으키는 것도, 그 상황을 받아들이거나 해결해야 하는 것도 사람이다.

똑같은 상황에 부담을 갖고 등을 들이대면 짐이 되지만 가슴으로 안으면 사랑이 된다. 상황을 어떻게 수용하느냐에 따라 수급자에 대한 대처가 달라진다. 사회복지 현장에서는 반드시 간과해서는 안 되는 지침이라고 생각한다.

물론 복지 현장에서 마냥 사랑으로 대할 수 없을 때도 있을 수 있다. 다른 피해를 막기 위해 단호함도 있어야 한다. 복지 현장을 누비는 사람들은 절실함과 살아있음에 대한 감사함, 종사자로서의 사명감이나 의무감으로 대응해 간다. 종교적인 것이 아니더라도 내가 아니면 누가 할 수 있을까? 하는 정신으로 해결해 간다.

특히 현장에서 닥치는 문제들은 때로는 등으로 질 수 있는 상황이 있고 가슴으로 안아서 해결할 수 있는 상황도 있다. 하지만 중첩돼서 발생하는 상황이 너무나도 많다. 사회복지는 만능이지만 혼자만의 접근은 무리가 될 수 있다.

사회복지는 한 사람에게만 부여되는 것이 아니라 사회를 구성하고 있는 우리 모두에게 나설 것을 주문하는 것이다. 공생共生으로 나오면 우리 모두가 공생할 수 있는 것이고 그 삶은 영원한 것이다. 혼자서 살아남겠다고 하면 그 결과는 혼자서 살아남는 것이 아니라 그 자체로 사망이다. 사회복지는 공생을 한결같이 주문하고 있나.

# 8. 대화가 건강이다

　오늘은 목동중앙데이케어센터가 아침부터 시끌벅적하다. 1차 어르신들이 센터에 도착했다. 스타렉스 3대가 거의 동시에 출발해서 어르신들을 모시고 비슷한 시각에 센터에 들어왔다. 어르신 중에 남자 어르신은 10여 명이 이용하신다. 남자 어르신들은 여자 어르신들보다 말이 없고 조용하다. 한마디로 각자도생이다. 신문 보시는 분도 계시고 센터를 매일 30바퀴를 도는 어르신도 계시다. 남자 어르신이 센터를 돌면 여자 어르신 3~4명도 따라서 돈다. 이 어르신은 프로그램에도 적극적으로 참여하신다. 특히 운동프로그램과 노래하는 프로그램에 적극적이다. 건강에는 누구나 관심이 크다.

　남자 어르신들을 위해서 바둑과 장기, 화투도 준비해 두고 있다. 입소할 때 보호자는 부모님이 이런 잡기에 능하다고 설명한다. 막상 들어오시면 보호자들의 기대만큼 적극적으로 참여하는 어르신은 거의 안 계시다. 분위기를 조성하기 위해 한 두분의 어르신들이 나서기도 하지만 별 성과가 없다.

　어르신들이 나누는 대화는 거의 매일 비슷하다. 그럼에도 진지하다. 매일 처음 듣는 것처럼 이야기는 계속된다. 어르신들은 이런 미미한 것처럼 보이는 대화를 통해서 활력을 얻는다. 대화가 어르신들 간에 친소 관계 형성이나 건강에도 좋은 영향을 미치는가 보다.

　어르신들은 이것저것 이야기를 하다 보면 밥맛도 좋아진다고 한다. 비록 무표정한 주고받는 대화를 하더라도 전신 운동하는 것처럼 많은 에너지를 소비한다고 한다. 특히 어르신들에게 있어서 적은 에너지 소비만으로도 많은 운동 효과를 볼 수 있다. 그리고 밥맛도 좋아진다.

　또한 대화하다 보면 자신이 미처 생각하지 못했던 것들에 대한 관심을 이끌어 내기도 한다. 대화는 자신을 비우는 방법이기도 하고 건강을 개선하는 좋은 비결이다. 시끌벅적한 것도 비움의 한 행위이다.

# 9. 꽃 중에 "사람 꽃"이 제일 이뻐

한 어르신이 이름 모를 꽃가지를 들고 오셨다. 집 앞에서 꺾었다고 한다. 아직 꽃망울도 터지지 않은 꽃가지다.

"왜 이 꽃이 그렇게 좋아요" 하니 "꽃이야 사람 꽃이 최고여" 하신다.

"사람 꽃"......!!

어르신은 무표정한 얼굴로 "사람 꽃"이 최고여 하셨다. 인터넷을 검색해 보니 몇몇 사람이 "사람 꽃"이라는 제목의 시를 남긴 것을 찾아볼 수 있었다. 어르신이 시집을 읽었을까? 아니면 어르신 가슴에서 우러나온 것일까? 궁금했다. 어르신은 이제 우리 센터를 떠나셨으니 확인할 수는 없다.

어르신의 경륜일 것이다. 들판의 꽃은 제멋대로 피고 꽃밭의 꽃은 가꾼 대로 핀다. 하지만 사람 꽃은 제 생각 또는 의지, 보살핌대로 핀다. 들판의 꽃이나 꽃밭의 꽃은 인지가 없다. 사람이 그 꽃들의 인지를 대신한다.

인지가 있는 사람은 어느 정도까지는 가꿈을 당해도 반발하지 않지만, 어느 정도 성장하면 그 이상에 대해서는 자신의 의지대로 성장하고 꽃을 피운다. 이때부터는 가꿈 당하는 것을 귀찮아한다. 사람은 어느 정도 성장하면 자력으로 그 단계까지 성장했다고 생각하는 사람이 많다. 복음성가에 누군가 날 위해 기도한다는 노래가 있다. 나는 누군가가 날 위해 기도하는 그 누군가가 있다고 생각한다.

나는 몇일전 85세 이신 숙부를 만났다. 나와는 16년 차이다. 말씀 첫마디가 "아프지 마라. 네가 아프면 내 마음이 아프다"고 하셨다. 한동안 앓고 난 뒤에 만나 걱정을 끼쳐드려서 죄송한 생각도 들었다. 나는 속으로 감정이 솟구쳤으나 꾹 참았다. 삼촌은 사실 아버지가 52세에 소천하셔서 나에게는 아버지를 대신하신 어른이다. 나도 살아계신 아버지 형제분들의 건강을 위해서 매일 기도하지만 삼촌도 나를, 조카들을 위해 어느 곳에선가 기도하신다는 생각이 들었다. 이런 사람과 사람 사이의 관계 속에서 피어나는 것이 "사람 꽃"일까?

어르신은 사람의 어떤 측면을 보고 아름다운 꽃은 "사람 꽃"이라고 했을까? 궁금했다. 가꿈을 필연적으로 필요로 하는 어린 시절의 아이들을 보고 표현한 것이 아닐까? 하는 생각을 한다. 어린이는 어떠한 행동을 하거나 떼를 써도 예쁘다. 어르신은 어린이들의 이런 면을 생각한 것이 아닐까?

성장한 사람은 잘하면 예뻐 보이고 그렇지 않으면 꽃이라고 할 수 있을까? 어르신은 "사람 꽃"이라고 할 수 있을 만한 손자녀가 있기 때문일 것이다. 인생의 관록이 집중적으로 표시되는 곳은 얼굴이다. 주름이 인생의 관록을 상징하고 깊이도 드러낸다. 그러고 보면 얼굴은 그 사람의 인생을 나타내는 꽃이라고 할 수 있다.

그래서 얼굴을 보고 운을 계산하는 관상이란 것이 생겼는지도 모르겠다. 사람들은 자신의 삶을 궁금해 한다. 관상이란 것을 통해서 풀이

해 낸다. 다소 통계적인 측면도 있다. 아무튼 우리는 서로를 위한, 서로에 의한, "사람 꽃"으로 산다. 그래서 모두가 주변 사람들에게 칭송받을 만한 "사람 꽃"으로 살았으면 한다.

# 10. 아멘!!!

우리 센터 어르신 중 최연장자는 101살이시다.

어르신이 오늘 점심 식사 후 옷장에 붙은 명찰을 죽 돌아보신다.

"왜 그러셔요" 하니

"나이가 모두 나보다 어리네" 하신다. 어르신은 모두 자신보다 나이가 많은 줄 알았다고 한다. "맞아요, 어르신은 예순쯤 되어 보여요" 하니

"하이고 망측해 서리" 하신다. 정말로 겉으로 보기에는 백 살로 보이지 않는다. 어르신은 독실한 크리스천으로 원로 권사님이시다. 송영차를 타고 집으로 돌아갈 때는 댁에 도착할 때까지 10여분 동안 기도를 하신다. 센터와 일하는 직원 모두 그리고 함께 이용하는 어르신들의 선강을 위해 기도하신다. 특히 기도에서 가장 강조하는 사람은 운전원이다. 안전하게 댁에 도착해야 하기 때문이다.

어르신이 기도할 때 처음에는 교회 다니지 않는 어르신들이 시끄럽다 원성이 자자했다. 그런데 10여 일이 지난 뒤부터는 당연한 것으로 여기신다. 더욱이 놀라운 것은 어르신이 기도를 마칠 때면 모두 "아멘"으로 합창하신다. 정말로 "아멘"이다. 계속된 기도촉구가 어르신 모두를 아멘으로 인도한다. 어르신의 기도는 대단한 실험이었다. 함께 탄 어르

신들이 처음에는 기도소리가 시끄러운 잡소리로 들렸으나 어느 정도 시간이 흐른 뒤에는 기도소리가 어르신들의 폐부를 가른 것이라는 생각이 든다. 100살이 넘은 어르신의 기도는 다른 어르신들의 폐부로 침투해 들어간 기도였다고 생각한다.

어르신은 치매 증상은 있지만 심각하지는 않다. 인지적으로는 총명하시다. 일어도 중국어도 영어도 잘하신다. 하지만 과거에 대해서는 말씀을 안 하신다. 사연이 있는 것 같기는 한데 우리로서는 알 수가 없다. 어르신은 가끔 혼자서 되뇌인다.

"갈 데도 없고, 오라는 데도 없다"고. 현제 함께 살고 있는 딸은 양딸이라고 한다. 가족이나 친인척들은 없다고 한다. 총명하신 어르신인데 어떻게 가족이나 친인척들과 관계가 단절됐을까? 이에 대해서는 절대로 답하지 않으시는 어른이다. 어르신은

"하나님이 자신을 천국 지각생으로 만들고 있다"고 한탄한다. 이 어르신의 가족사는 본인으로부터 들을 수 없어서 보호자인 양딸과 들으려 했지만 가능하지 않았다. 궁금한 것은 많았다. 보호자는 소통 거부로 일관했다.

어르신은 어느 날 졸업장을 달라고 하셨다. 나는 "어르신 졸업장은 영원히 없습니다" 했다. 그리고 "졸업장은 하늘나라에 가서서 하나님으로부터 받으셔요" 했다. 어르신은 2019년 봄 코로나가 오기 전에 하늘나라로 가셨다. 나는 핸드폰을 뒤적이다 우리 어머니와 어르신이 함께 찍은 사진을 발견했다. 우리 어머니도 2022년 4월 16일 88세로 하늘나라로 가셨다. 우리 어머니와 함께 찍은 사진을 보니 가슴이 저밉니다. 이제 두 분은 하늘나라에서 만나 두 분이 생활하던 "목동중앙데이케

어센터"를 내려다보면서 이곳에서 있었던 이야기를 나눌 것으로 생각
한다.

# 11. 생신 잔치에 울보 어르신

　오늘 오후 2시부터 어르신들 생신 잔치를 했다. 생신으로 자리에 앉은 어른이 16분이다. 생신 잔치를 한다고 하니 10여 분이 자신들도 생신이란다. 당초 예닐곱분보다 10명이 늘었다. 담당 직원이 큰일 났다며 찾아왔다.

　"모두 앉혀 드리라"고 했다. 직원들은

　"다음 달에는 어쩌죠...."

　"모두 앉혀 드리면 되지" 어르신들이 즐거우면 된다.

　갑자기 87세 여자 어르신이 엉엉 울면서 찾아왔다. 왜 그러시냐고 하니...

　"내 평생 이렇게 즐거운 생일 잔치는 처음"이란다. 어르신의 울음에 끌어안고 나도 울었다. 어르신의 삶이 어떠했는지 확인하거나 파악할 필요는 없다. 과거는 그렇게 중요하지 않다. 현재가 중요하다. 현재 울을 정도로 감동적인 생일 잔치면 성공적인 프로그램 아닌가? 이런 것이 진정한 삶 아니겠는가? 나는 이렇게 어르신들이 감동적인 생긴잔치라면 계속하고 싶다.

　어르신께 생신 축하 인사하면서 감사한 삶을 사시라고 했다. 작은 것에 감사하는 삶보다 더 의미있는 삶은 없다. 작은 것에 감사하면 더 큰 것에도 감사할 수 있다. 감사에는 훈련이 필요하다. 이렇게 해서 눈으로 보이는 감사보다 더욱 큰 것은 마음 안의 감사라고 한다.

감사할 수 있으면 지금보다 더 큰 세상을 얻은 것이다. 어르신의 삶에도 더욱 큰 감사의 제목들이 나열되기를 기도한다.

(2018.3.28.)

# 12. 얘기 좀 합시다

76세 여자 어르신이 계시다.

어르신은 우리센터 홍보맨이다.

어르신은 센터에 어르신들이 처음으로 입소하면 센터에 대해서 자상하게 설명다. 우리 직원들의 설명보다 어르신들의 입장에서 설명하기 때문에 더욱 설득력이 있다. 특히 집에서만 계시다 시설에 나오면 혹시나 가족으로부터 버림당하는 것이 아닌가 하는 공포가 심한 어르신에게 진정한 설명이 된다. 왜 여기에 오셔야 하는지, 오시면 무엇이 좋은지 등에 대해서 너무나 잘 설명하신다.

어르신은 연세에 비해 너무 젊으시고 날씬하시고 리더십도 있다. 요즘 미투'(Me too)가 세상을 놀라게 한다. 어르신도 최근에 경험한 할 이야기가 있다면서 어르신들의 배꼽을 잡았다.

하루는 빨간색 외투를 걸치고 어디를 가고 있는데 뒤에서 젊은이가 "이야기 좀 하시죠"하며 다가오더란다. 날씬하고 빨간 외투에 모자까지 썼으니 착각한 모양이다. 어르신은 예쁜 목소리로 "그러시죠"하고서는 걸음을 멈췄다. 앞으로 다가 온 젊은이에게 그래 "우리 대화를 해 봅시다"하니 어르신의 얼굴을 확인한 젊은이 기겁하더란다. 그리고는 바쁘다면서 내빼더란다. "젊은이 나는 시간이 많아" 하고 큰 소리로 외치니 젊은이가 걸음을 멈추고 다가와서는 "어르신 연세가 어떻게 되세요." 하더란다.

그래서 "나 76살 여" 하니

젊은이 "아니 우리 할머니 연세네요" 하고서는

"저 바빠요"하고 뒤도 돌아보지 않고 가더란다.

어르신이 이야기를 하는 내내 남녀 어르신들은 배꼽을 잡고 웃으셨다. 어르신의 이야기가 사실이 아니고 지어낸 이야기일 수도 있다. 이 어르신이 치매를 앓고 있는 어르신이라는 점에서 건강한 모습이 놀랍다.

다른 측면으로도 볼 수 있을 것이다. 긍정적이고 낙천적이면 치매의 깊어지는 속도를 늦출 수 있을까? 이런 가설이 가능한 것인지 모르겠다. 치매를 예방하는 것이 중요하지만 연구해 볼 과제라는 생각을 한다.

# 13. 눈만 뜨면 신세계다

11월 28일 아침이다. 오늘 아침 98세 되신 어르신이 센터에 들어서면서 "눈만 뜨면 신세계"라고 하시면서 엘리베이터에서 내린다. 하루, 하루가 새로운 새날이니 말씀대로 신세계다. 100세가 가까운 연세에 열린 하루, 하루는 정말 눈뜰 때마다 새롭고 신비하다는 감정의 표현일 것이다.

그 한편으로는 눈으로 바라볼 수 있는 세상이 얼마 남지 않은 아쉬움에 대한 감정도 담겨 있을 것이다. 살아보지 않는 나로서는 어르신의 그 감정을 담기에는 아직 부족하다. 어르신은 항상 "감사합니다. 고맙습니다. 사랑합니다. 축복합니다"를 입에 달고 사신다.

천주교인인 어르신은 묵주 굴리는 것이 하나의 습관이다. 천주교인이 아니어서 "묵주를 굴린다"란 표현이 맞는 것인지 모르겠다. 묵주를 굴릴 때는 항상 무어라고 중얼거린다. 자신을 위해서 가족을 위해서 그리고 센터에 있는 동료 어르신들을 위해 기도한다고 한다. 그러니 하루, 하루가 새로운데 신비로운 그 기도는 얼마나 간절할까?

어르신에게는 하루, 하루가 신세계다. 어제는 모른다. 오직 열린 오늘만 있을 뿐이다. 세상이 아무리 시끄럽고 난리를 치더라도 관심이 없다.

어르신에게 있어서 하루하루는 새로운 신세계의 연속이다. 나도 그 마음을 닮고 싶다.

시끄러운 것 모두 잊어버리고 나날이 새로운 일신우일신日新又日新을 기대한다. 지속적인 신세계에서 아름다운 삶이 펼쳐지기를 기대하며 항상 기도하는 삶이었던 어르신은 코로나 기간 중에 소천하셨다. 어르신이 가신 그곳도 신세계일 것이다. 어르신의 평안을 기도한다.

## 14. 감동

우리 센터는 매일 아침 어르신들께 쌍화차를 드린다. 상화차 한잔이 별것 아니지만 1년, 2년 계속해서 마시면 시나브로 감기를 물리치는 힘을 지닌다. 데이케어를 운영하는 어느 목사님의 자랑을 듣고 나도 시도한 것이 적중했다.

상화차 처방은 한의원에서 약재를 정확하게 계량해서 조제한다. 쌍화차로 인해서 동네 어르신들이 모이는 건재상에 한 달이면 두세차례씩 들린다. 어느 날도 마찬가지로 동네어르신 4,5명이 건재상 입구에 둘러앉아서 잡담 중이었다. 내가 들어서서 그런지는 모르겠지만 한 어르신 "내 친구가 낙상당해서 걷지를 못했는데 센턴가 뭣인가를 다니더니 딸하고 여행 간다."고 했다.

내가 그 어르신의 말을 받아서 "제가 그 센터 주인입니다. 놀러 오세요. 제가 차 대접할게요" 했다. 어르신들 신기한 듯 바라보신다. 우리 센터가 어르신들의 입에서 입으로 긍정적인 방향으로 소문나는 것 같아서 기분이 좋았다.

어르신들의 화제가 됐던 어르신은 건강해져서 고향인 의정부로 가셨다. 어르신은 댁에서 낙상으로 우리 센터에 오실 때는 휠체어를 타고 오셨다. 상담 결과 낙상으로 인한 상처는 모두 아물었으나 운동을 많이 해야 한다고 했단다. 처음엔 휠체어에서 내리기도 어려웠지만 보행 보조기를 잡고 111평 되는 센터를 한 바퀴, 두 바퀴 도는 사이에 다리에 힘이 들어간다.

젊은이들이 100바퀴 도는 것보다 어르신이 10바퀴 도는 것이 어르신들에게 더 큰 효과 가 있다고 한다. 의사들의 설명이다. 어르신은 너무나 적극적으로 운동을 하셔서 친구들이 놀랄 정도의 효과를 보셨다.

센터를 떠나던 날 어르신의 딸이 그랬다. 자신이 간호사인데 데이케어센터의 도움을 이렇게 받게 될 줄은 몰랐다고 한다. 누구나 알고서 결정하는 일은 없다. 가능성이 있기에 결정하는 것 아닐까? 내가 치매 어르신들을 위한 센터를 세우고 일할 줄 알았겠는가?

어르신은 의정부 어디에선가 자녀들과 함께 즐거운 생의 마지막 부분을 살아 내고 계실 것이다. 하나님의 은혜가 그 가정에 가득하길 기원한다.

# 15. 남들이 내 이름을 불러줘서 고맙다

　우리 센터에 입소한지 한 달이 채 안된 93세 여자 어르신이 계셨다. 어르신은 작은 키에 존재감을 느끼지 못할 정도로 차분하니 조용했다. 그런데 보름쯤 지났을 때 엉엉 울면서 내 방으로 오셨다. "어디 아프셔요. 왜 그러셔요." 하니 어르신 말씀 왈 " 센터에 나오면서 비로소 자존감을 찾았다"고 하셨다. 무슨 말씀이세요. 나는 그동안 누구 엄마, 누구 부인, 누구 할머니, 등등 자신의 이름이 불린 적이 없었다고 했다. 어르신은 자신의 이름이 센터에서 매시간 불려서 깜짝 놀랐다고 한다. 센터에 나와서 자신의 이름을 찾았고 자존감을 회복하게 됐다고 하며 흐느끼셨다. 93세 어르신이 이름이 불리워져서 자존감을 회복했다는데 나도 놀랐다. 그게 그렇게 중요했던가? 이름불리워지는 것이 그렇게 의미가 있나. 한편으로는 과거 대부분의 여성들은 이름없이 살아온 것은 사실이라고 할 수 있다. 어떤 어르신은 자신의 이름이 불리워지지 않아서 이름을 잊은 여자 어르신이 있다는 이야기를 들은 적이 있다. 이름은 불리워지기 위해 존재한다. 당연한 논리다.

　어르신의 이 같은 일이 있은 뒤 나는 매시간 프로그램을 진행하기 전 어르신들의 출석을 부르도록 지시했다. 어르신처럼 공개적으로 자존감을 회복했다고 외치는 또 다른 어르신이 나오기를 기도한다.

　나는 그날 이후 센터를 운영하면서 전향적인 시각으로 운영해야 한다는 생각이다. 나는 남성이기 때문에 센터를 이용하는 여자 어르신들의 깊은 내면을 파악하는데 둔감한 것이 사실이다. 여성들은 작은 것에도 민감하게 반응한다.

3장

/

# 어머니, 마나님, 영감, 그리고 아들

# 1. 어르신 마음의 고향은 아들...?

충청북도 청주에서 올라오신 여자 어르신이 계시다. 그 어른 연세가 85세다. 청주에서 혼자 사시다가 인지저하증/치매가 있어 몇 차례 사고를 경험한 끝에 자녀들이 모여 사는 서울로 오셨다. 어르신은 가끔 성북동에 사는 아들 집에 가신다. 성북동에서도 목동에 사는 딸 집으로 착각하신다.

어르신은 아침이면 당연히 데이케어차가 보여야 한다고 생각한다. 그런데 당연히 나타나야 할 우리 목동중앙데이케어센터의 차가 보이지 않는다. 그때부터 난리를 치신다고 한다. 센터 차가 자신을 빼놓고 가버렸다고. 인지저하증/치매는 어르신들의 공간 또는 방향감각을 떨어뜨린다. 서울인지 청주인지를 느끼지 못한다. 자신에게 인지되어 있는 것만을 생각한다. 그마저도 잃어버리는 어르신들도 많다.

그래서 인지지하증/치매 어르신들은 자신에게 집착하는 경향처럼 보인다고 생각한다. 무엇이 "나만의 집착으로 인도하는지"는 알 수가 없다.

오늘도 11시 넘어서 센터에 도착하셨다. 어르신은 성북동 아들 집을 고향인 청주로 기억하신다. 어디 다녀오셨느냐고 직원들이 묻자, 청주

다녀오셨다고 한다. 뒤따라오던 따님, 엄마 청주가 아니라 성북동 오빠 집에 다녀 온 거야 한다. 어르신 "아들이 있는 곳이 나에게는 청주여" 하신다. 아들이 곧 청주다.

어르신에게 있어서 마음의 고향 청주가 아니라 정신적 지주인 버팀 목은 아들이다. 따님의 얼굴에는 서운함이 묻어난다. 얼굴에 그늘이 서린다. 어르신의 마음 한구석에는 고향인 청주가 있다. 그 고향에는 반드시 아들이 있어야 한다.

어르신에게는 아들이 마음의 고향이고 정신적인 지주이기 때문이다. 달나라 가는 시대인데 남아선호사상은 여전하다. 어르신들은 딸보다는 아들에게 의지한다. 많은 돌봄은 딸들이 더 많이 지원하는데도 아들을 선호하는 이유를 모르겠다.

나는 아들만 둘이다. 아직 의지한다는 생각은 없다. 아직 경제력이 있기 때문일 것이다. 며느리가 있지만 며느리는 며느리일 뿐이다. 가끔 딸이 있는 친구들의 이야기를 들으면서 나에게도 딸이 있었으면 하는 아쉬움도 있다. 아직은 손자들과 노는 것이 마냥 기쁘다.

## 2. 원장님, 이혼 좀 시켜주세요

아침부터 어르신의 아들딸 전화가 센터로 여러 통 걸려 왔다. 다급한 목소리로 "우리 어머니 센터에 안오셨나요" 어르신의 아들과 딸, 며느리의 목소리가 다급하다.

"아니요, 안 오셨는데요."

"왜 그러시는데요" 새벽부터 부모님이 다투셨는데 갑자기 어머니가 사라졌다는 것이다.

"센터에 오시면 댁으로 전화를 드릴께요, 아마 별일 없을 거예요"

전화 내려놓고 5분 정도 지난 뒤 어르신이 얼굴에 화가 가득해서 씩씩대며 들어오셨다. 댁이 가까우니까 부담 없이 올 수 있는 거리기는 하지만 인지저하증/치매란 질병이 있으니 가족은 물론 센터 직원들도 긴장하고 있었다. 혹시 사고 나지 않을까 하고. 간혹 어르신들이 집을 나가서는 집을 잊어버리고 집을 못 찾아 방황하다 경찰을 통해서 모셔 오는 경우가 있다.

그런데 어르신은 댁에서 간밤에 무슨 일이 있었나 보다. 씩씩거리고 센터 엘리베이터에서 내려 센터에 들어서더니 대뜸 "원장님, 이혼 좀 시켜주세요?" 하신다. "왜 그러시는데요" 하니 어젯밤 사건을 말씀하신다.

정리하자면 이렇다. 영감님이 약주를 드셨나 보다. "술을 자기가 마셨지 술 마시면 왜 고래, 고래 소리를 질러. 동네 창피해 죽겠어요" 어젯밤 90 가까운 영감님이 약주를 좀 과하게 드셨나 보다. 그리고 평소와 달리 고함까지, "이제 못 살겠어요. 그러니 원장님 이혼 좀 시켜주세요" 하신다. 인지저하증/치매로 몸도 좋지 않은 데다 영감님조차 안 계시면 하루도 버틸 수 없을 텐데 안타깝다. 어느 쪽 편을 들 수 없는 상황이다.

영감님은 애처가시다. 어르신은 차마 볼 수 없다며 자식들이 요양원에 모신 마나님을 댁으로 다시 모셔 왔다. 자녀들은 절대 반대했다고 한다. 마나님을 모셔 오자 자녀들은 "그럼 아버지 다시는 안 봅니다" 하고 떠났다고 한다. 그 자녀들과 관계가 좋지 않았다.

나로서는 어르신한테 뭐라 답을 드려야 하는데 답이 궁했다. 영감님께 전화를 드려 무슨일 있었느냐고 물어보려다 답을 찾았다. 송영을 마치고 모든 어르신들이 들어오신 뒤에 어르신이 사무실로 나를 찾아왔다. 어르신 "이혼하는 것 어찌 되었어요"하신다. 어르신 정말로 이혼하시려고 하는가? 궁금했다. 그래서 "연세가 70 넘으면 국가에서 이혼을 안 시켜줘요" 했더니

"그래요" 하신다. 그리고 어르신은 사무실을 나갔다. 이혼 상황은 이렇게 모면했다. 이곳에 담을 수 없지만 어르신 가정을 생각하면 답답하다.

어르신은 가족 요양을 하신다. 90에 가까운 영감님이 마나님을 돌본다. 가끔씩 센터를 방문해서는 힘들다며 우신다. 영감님이 요양원 갈 때마다 마나님은 "못 있겠다" 고 "데려가 달라"고 하신단다. 그래서 영감님은 자식들의 반대에도 불구하고 마나님을 댁으로 모셨다. 자식들의 반대에도 마나님을 집으로 모셔 오고 자식들에게는 손을 벌리지 않

겠다고 했다.

어르신에게 그 대안을 알려드렸다. 그런데 연세가 90에 가까운데 가능하시겠냐고 했더니 하겠다고 하셨다. 90 가까운 연세에 요양보호사 자격을 취득하셨다. 대단한 어르신이다.

마나님을 댁으로 모셔 온 뒤로는 노령연금과 가족요양 수입으로 한동안 생활하셨다. 얼마나 힘이 들었던지 영감님은 방문요양 복지사가 방문할 때마다 우셨다고 한다.

"이제 힘이 없어 저 사람을 요양원에 보낼 수밖에 없다"고 한다. 그때마다 "이제는 힘들어서 못하겠어"를 반복했다고 한다. 그러면서 한 달만 더, 한 달만 더 하시다 2023년 12월에 마나님을 요양원으로 모셨다. 부부간의 애정이 대단한 노부부셨다.

# 3. 아이고 어머니, 아이고 어머니....!!

인지저하증/치매를 앓게 되면 행동이나 말 등이 습관적으로 반복된다는 것은 익히 알려진 사실이다. 어르신들이 단체 생활하는 센터를 운영하다니 그런 현상을 현장에서 매일 반복적으로 경험한다. 고쳐지지 않는다. 그리고 무어라고 할 수도 없다. 그래서인지 상담 과정에서 보호자들은 어르신이 똑같은 말을 반복한다는 점을 강조하고 갔다. 주변에서 아무리 이야기해도 수용하지 않는다. 아마도 인지가 떨어졌기 때문이라는 생각을 한다.

한 남자 어르신은 센터에 등록했을 때부터 반복적으로 "아이고 어머니, 아니고 어머니"를 뇌이면서 생활했다. 걸으면서도 탁자에 앉아서도 화장실에 앉아서도 마찬가지다. 여자 어르신들은 그 어르신이 "아이고 어머니, 아이고 어머니" 할 때마다 "아이고 듣기 싫어 저 소리를 들으면 나도 힘이 빠져 하신다."

문제는 어르신의 저런 행동을 제어할 수 있는 대책이 없다는 것이다. 보호자도 포기한 것이다. 등록하면서 아들 보호자가 그랬다. 아버지가 이동하면서 "아이고 아이고" 또는 "아이고 어머니"를 반복적으로 뇌이면서 움직인다는 사실을 밝혔다. 그 정도면 가정에서도 포기한 것이라고 생각한다. 상담할 때는 이렇게 심각한 줄을 몰랐다.

그때는 조절이 가능한 것으로 생각했지만 잘못된 판단이었다. 집에서는 이미 포기한 상태였다. 그런데 어르신은 갑자기 소천하셨다. 센터에서 댁으로 가셨는데 다음날 아침 갑자기 병원에 입원하셨다는 연락이 왔다. 그리고 몇 일 뒤 소천하셨다는 연락을 보호자들로부터 받았다. 그전엔 보호자인 부인이 자주 오셨는데 소천한 뒤로는 방문이 전혀 없었다.

인연의 끈은 그렇게 끝을 맺었다. 몇 년을 살 것 같던 우리 내의 삶은 그렇게 대단한 것 같지 않다. 어쩌면 미물들과 무엇이 다른지 차이를 느끼지 못할 때가 너무나 많다. 이렇게 글을 쓰지만 읽어낼 수 있는 것, 그리고 감정으로 느끼는 것들이 극히 제한적이다. 그것은 인간뿐 아니겠는가? 인간들 외에 이 지구상 아니 우주상에는 얼마나 많은 생명체들이 존재하는지도 모르면서 써놓은 글에 감동한다. 너무 유치한 것 아닌가? 자만이다.

어르신이 소천한 뒤 몇몇 여자 어르신들이 묻는다.

"아이고 영감 어디 갔어?" 하신다. 아이고 소리가 안 들리니 궁금했던 모양이다. 답변이 궁했나. "네 그 어르신 안 보이시죠. 몇 일 선에 아주 멀리 여행 떠나셨어요" 했다. 어르신들은 "아 그리 됐구만" 하시면서 자리로 가셨다. 한 어르신만 자꾸 뒤를 돌아보신다. 나에게 뭐라 하실 말씀이 있어서일까? 아니면 다른 이르신은 내 말의 뜻을 깨닫고 이 어르신만 몰라서일까? 아니면 그 반대일까? 아직 나는 궁금증을 어르신들께 확인하지는 않았다. 굳이 확인할 필요가 있을까? 나도 이렇게 생각을 닫았다. 앰프에서 최성수가 노래한다. "기다리지 마~~~라 나에게 시간이 없어~~~, 아까운 시간이 가버리~~~네"

# 4. 여자 어르신은 심약하고 남자는 강한가?

여자가 강할까? 남자가 강할까? 문득, 문득 생각하는 과제다. 나는 센터를 운영하면서 결론을 얻었다. 이 결론에 대해서 누군가는 반대할 수도 있다. 나는 여자가 강하다고 생각한다. 우리 센터에 농촌 지역에서 농사지으며 생활하다 갑자기 영감님이 소천하자마자 인지저하증/치매로 고생하는 여자 어르신이 5분 정도 계셨다. 그런데 마나님이 소천하셔서 인지저하증이 온 남자 어르신은 없다. 우리가 파악한 것이다. 적어도 우리 센터에서만은 그렇다.

왜 그럴까? 남자들의 감성이 둔해서일까? 궁금하지만 원인은 알 수가 없다. 내가 이렇게 결론을 내린 것은 여러 가지의 원인이 있겠지만 감정의 반응속도라는 생각이다. 남성은 깊은 애정을 느끼더라도 겉으로 드러내기 보다는 속으로 삭히거나 표현을 마음에 담가둔다. 사랑은 하는데 드러내는 데는 소극적이다.

그런데 감정의 표현이 더욱 깊은 애정의 늪을 이루는 것은 아닐까? 나도 역시 소극적이지만 생각에는 이렇게 동의한다. 적극적인 감정의 표현은 삶을 풍요롭게 한다. 그리고 더욱 깊고 넓은 삶의 요소들을 유인해 낸다. 묵묵한 남성을 평생 그렇게 생각하며 의지했는데 어느 날 갑자기 그 의지하던 기둥이 사라졌다면 얼마나 큰 충격이겠는가? 그래서 인지저하증/치매가 오는 것은 아닐까?

한 어르신은 전북 김제지역에서 영감님과 함께 농사를 지으며 생활했다. 그런데 영감님 소천이 채 한 달도 안 돼서 서서히 인지가 저하되기 시작했다. 우리 센터 주변에 사는 자녀들은 고향 경찰서에 몇 차례 소환당한 뒤에 어르신을 센터로 모시고 왔다.

어르신이 혼자 계시니까 외출했다 집을 찾아오지 못하기를 반복했다. 동네 사람들이 모시고 오기도 하고 때로는 경찰이 발견하여 보호자들에게 인계하기도 했다. 이런 일을 한두 번도 아니고 자주 반복되니 자녀들이 생활하는 서울로 어르신을 모시고 온 것이다.

어르신은 농사를 지어서인지 건강해 보이셨다. 첫날 나오시자마자 나에게 오시더니 물꼬 보러 가야하니 호미를 달라고 하셨다. 여기는 논밭이 있는 고향이 아니라고 아무리 설명해도 막무가내였다. 그래서 옥상으로 모시고 올라갔다.

"어르신 여기 보셔요. 모두 아파트뿐이죠. 논과 밭이 보이나요." 하니 "그려, 집늘뿐이네" 하셨다.

어르신은 센터로 내려와서는 조용하게 여러 날을 지내셨다.

어르신은 시간이 지나면서 상태가 빠르게 나빠졌다. 어느 날 사무실 주변에서 어르신 목소리가 들려서 나가 보았다. 어르신이 엘리베이터 문에 비친 자신을 바라보면서 대화하고 있었다. 처음 입소할 때는 안 그랬는데 왜 저러시지 안타까웠다.

보호자에게 전화해서 어르신에 대한 상황을 설명하면 무슨 일이 있었는지를 물었다. 보호자도 집에서 하루가 다른 어르신을 느낀다는 것이다. 사회복지학과 교수 몇 분을 만나서 어르신의 상황을 설명했다. 교수들은 생각이 둘로 갈렸다. 몇몇 교수는 금지해라. 그리고 거울을 가리라고 했다. 다른 교수들은 그대로 둬라, 어딘가 알 수 없는 것에 사정이 있어서일 것이라고 진단했다.

나는 그대로 두기로 했다. 거울 영상과 대화를 한 시간쯤 했다. 마친 어르신에게 가서

"어르신 시원하셔요" 했다.

어르신은 "작 것이 말을 안 하네" 하신다.

어르신은 거울을 보면서 "밥은 먹었냐? 논에는 가봤냐?" 등등 농촌에서의 일상에 대해 물었다. 그런데 어르신은 얼굴에 비친 모습을 누구로 인식하고 계실까? 아마도 거울에 비친 자신을 남편으로 인식하고 있는 것은 아닐까? 그리고 인지 저하/치매 이전의 젊은 시절 자신과 대화하는 것은 아닐까? 나는 이렇게 추정한다.

한 어르신도 영감이 사망한 뒤 한 달도 안 되서 인지저하/치매가 왔다. 어르신은 석양 증후군, 흐린 날 증후군, 식사만 마치면 남편 식사 차려야 한다면서 집에 보내달라고 고집을 부렸다. 그리고 어르신은 칫솔에 꽂혀서 칫솔 소독기안의 칫솔을 가져갔다. 하루는 보호자가 칫솔 한 뭉치를 들고 왔다.

어르신들은 몇 개월 지난 뒤에 댁에서도 케어하는데 힘이 들었는지 우리 센터를 떠나 요양원으로 가셨다. 나는 어르신들이 어느 곳에 계시든지 안전하고 건강하게 천수를 누리시기를 기원한다.

# 5. 어르신, 재산은 끝까지 지키셔야 합니다

95세 어르신이 몇 일 전 고향인 부산을 다녀오셨다. 그런데 첫날부터 머리가 어지럽다고 호소하신다. 아마도 부산에서 무슨 일이 있었나 보다. 하늘나라로 가신 어르신의 영감님은 5,60년대 5대양을 주름잡던 마도로스였다고 한다. 그 덕에 빌딩 등 상당한 재산을 남기셨다고 한다. 자녀들도 사회적으로 상당한 위치에 있다고 자랑하셨다. 언젠가부터 어르신이 사무실에 자주오셨다. 부산에 몇일 다녀와야 한다고 말씀하셨다. 내가 "왜 부산에 가셔야 하나요" 했더니 자식들이 재산을 나눠달라고 조른단다. 이런 문제를 가족들이 모일때마다 거론된다고 한다.

부산에 빌딩이 대여섯개 된다고 한다. 그러면서

"원장님 어쩌면 좋지요" 하신다. 나는 생전 상속을 반대한다. 그래서 "그냥 가지고 계세요" 했다. 생전 상속을 하고는 어르신 혼자 외톨이로 남아 고생하는 어르신을 많이 봤다. 이르신은 부신에서 일을 치루고 오신듯하다. 어르신은 부산에서 일을 치루고 오실 때마다 어지럽다고 호소하셨다. 아마도 부산에서의 자녀들이 만난 일이 혼란스러웠나 보다.

하지만 어르신은 그 상황에 대해서는 구체적으로 말씀하지 않으신다. 그래서 "어르신 걱정하지 마셔요. 자녀분들이 얼마나 똑똑한데 걱정하셔요. 잘 해결할 겁니다." 하고 위로했더니 차라리 "원장님을 믿는 것이 훨씬 낫겠다"고 하신다.

어르신은 "원장님은 항상 웃는 낯으로 내게 필요를 제공하는데 자식들은 나의 필요보다는 자신들의 필요 때문에 모여 든다"고 푸념하신다. 어르신한테

"어르신 그냥 가지고 계시지 ....."하니

"이제 죽을 때가 됐으니" 하신다. 내가

"그래도.... "하니.

어르신은 재산분배 뒤 헛소리가 들린다며 고통을 호소하셨다. 재산분배를 두고 형제간에 의가 상하거나 소송전으로 다투거나 하는 등의 걱정이 태산이다. 부모이니 그런가 보다. 나는 재산을 자식들에게 생전에 모두 물려주고 난 뒤에 거처할 집조차 없는 노인들을 봐 왔다.

재산은 끝까지 쥐고 있어야 한다고 어르신들께 말씀을 드린다. 그래야 자식들이 모인다. 어르신의 건강 상태는 갈수록 심각해졌다. 그 일이 있은 뒤 얼마 되지 않아 우리 센터를 떠나 요양원으로 가셨다.

# 6. 삶의 향기

　연세 많은 어르신들과 생활하다 보면 의외의 일들로 감격할 때가 있다. 또한 기쁨을 넘어 안타까울 때도 있다. 어르신들의 행동을 통해서 그 마음을 읽을 수 있기 때문이다.

　어르신들은 병원에 가려면 반드시 아들, 딸 등 보호자들과 동행한다. 어떤 날은 7~8명의 어르신들이 약속이나 한 듯 병원에 가시는 날이 있다. 8~90대 어르신들이라 어쩔 수 없는 일이다. 보호자들은 진료를 마치고 집으로 가자 하지만 어르신들은 대부분 센터로 오시려 한다.

　어르신들이 아들, 딸의 권유를 무시하고 고집을 부려 센터로 오시는 이유를 생각해 본다. 센터가 함께 이야기를 나누는 사랑방 역할을 한다. 집에 홀로 계시는 것이 얼마나 답답했으면 고집을 부려 오셨을까 하는 생각을 한다. 우리는 고독사를 자주 언론지상에서 경험한다. 보름이고 한 달이고 소식이 끊겨 발견되는 숨진 이르신들의 모습 또는 홀로 사는 사람들의 모습, 일본이나 선진국에서만 있는 줄로 알았다. 우리 주변에서도 발생한다. 정부는 대응책으로 복지 네트워크를 갖춘다고 강조하지만 허술하기만 하다.

　모두가 나서야 한다. 누구의 잘못으로 지적할 일도 아니다. 공동체 생활에서 자신의 주변을 살펴야 자신도 누군가로부터 보살핌을 받을 수 있다는 사실을 깨달아야 한다. 쉬운 일은 아니지만 이웃사랑은 결국 자신을 사랑하는 일이다. 어르신들을 보면서 그 고독사의 엄청난 공포를 읽게 된다. 센터에 오시든 아니든 우리 모두가 깊이 있게 관심을 가져야 할 일이다.

우리 센터에서는 다양한 프로그램을 통해 어르신들의 과거를 회상해 내려고 한다. 과거를 통해서 현재를 주시할 수 있도록 하려는 프로그램들이다. 이런 생각을 담아 우리 센터의 사업 이념은 "어르신들의 삶의 향기를 디자인하는 목동중앙데이케어센터"다. 어르신들의 삶의 향기가 새롭게 형성되어서 빛을 발하기를 기대한다.

# 7. 배우면서 하는 일

센터를 이용하는 어르신은 연세, 지역, 질병의 유형 등 다양하다. 연세에 비해 총명하신 분도 계시고 그렇지 않은 어르신도 있다. 연세도 60대에서 100살이 넘은 어르신들이 계시니 다양할 수밖에 없다. 질병의 유형은 다양하다. 인지저하증과 노인성질환이 복합적으로 나타난다. 인지저하증/치매 유형은 40여 가지라고 한다. 증상도 80가지가 넘는다고 한다. 그만큼 인지저하증/치매 유형은 복잡하고 다양하다.

이용 어르신 중에는 부부 이용자도 있다. 어르신 스스로 좋아서 오시는 분도 계시지만 아들, 딸의 경제활동 때문에 오시는 경우가 더 많다. 우리 센터의 특징은 남자 어르신과 국민기초생활보호대상자 어르신이 많다는 것이다. 하지만 센터 분위기는 남자 어르신보다는 여자 어르신들이 만들어 간다.

센터 운영자는 등록 어르신이 모두 출석하기를 바란다. 하지만 모두 출석은 극히 드물다. 평균 연세가 90에 가까운 상황에서 100% 출석은 어렵다. 1년 중 100% 출석은 하루 정도다. 연세가 많은 데다 각종 질병을 앓고 있기 때문이다. 보호자(아들, 딸)의 상황으로 센터에 오시는 어르신은 피곤하다고 하는 경우가 많다. 대부분 기계적으로 오시는 어신이 대부분이다.

하루걸러 오시는 어른도 있다. 적극적으로 설득하면 생각이 바뀌는 어르신도 있다. 직원들의 적극성과 역량이 어르신의 출석에 영향을 미치는 경우도 있다. 송영을 담당하는 직원들이 어르신들에 대해서 정확하게 파악해야 한다. 질병 유형, 가족관계, 지역, 살아오신 과거들도 파악한다.

센터에서는 요양보호사에게 어르신을 5~6명씩 담당하도록 한다. 어르신에 대한 파악과 공단에 제출하는 급여제공기록지 작성도 해야 하기 때문이다. 기본적인 내용을 파악한 뒤에 어르신들과 대화를 나누면 어르신 본인과 가정, 가족관계, 젊은 시절에 한 생업 등에 대해서도 파악할 수 있다.

섣불리 대화하다가는 서로 상처라는 벽을 넘지 못하는 경우도 많다. 부부가 이용하는 경우는 흔하지 않지만, 매우 조심스럽다. 보호자와의 관계도 그렇고 어르신들 서로에게도 영향을 크게 미치기 때문이다.

염려하는 것은 부부가 함께 나오는 여자 어르신의 질투다. 센터직원은 대부분 5~60대여서 입소 여자 어르신보다는 젊다. 이런 경우 영감인 남자 어르신에게 여자 요양보호사들이 자주 접하지 못하도록 한다. 왜 그래야 하는지를 요양보호사에게 주지시킨다. 가능하면 부부의 경우 남자 어르신에게는 남자 요양보호사가 케어하는 것이 바람직하다.

부부가 함께 센터에 입소한 여자 어르신은 당신의 남편 주변에 젊은 여자 요양보호사가 맴도는 것에 대해 불안하게 생각한다. 심하면 욕설을 사정없이 뱉어낸다. 인지저하증/치매라서 거의 매일 반복한다. 잊어버리지도 않는다. 여자 어르신은 인지저하증/치매 환자인 자신의 처지를 안다. 이런 상황에서 젊은 여자 요양보호사가 남편 주변을 서성이는 것을 못마땅하게 생각한다. 자칫 잘못하면 부부에게 갈등을 초래할 수가 있다.

우리센터를 이용하던 부부어르신중 여자 어르신은 그 일로 인해서인지 인지저하증/치매가 심해져서 요양원으로 가셨다. 그곳에서는 안정적으로 생활한다고 영감님이 면회를 다녀와서는 우리에게 전해주셨다. 우리 센터에서 있었던 일이다.

센터 운영은 많은 경험에서 시작해야 하는 것 같다. 다양한 상황에 대해 처신하는 방법을 터득해야 한다. 배우면서 해야 한다. 이 직역에서 종사해 온 사람들조차도 실수하여 애를 먹는 경우를 많이 봤다. 감정을 지닌 사람을 사람이 돌본다는 것은 쉬운 일은 아니다. 자신이든, 동료 직원이든, 돌봄 대상 어르신이든, 보호자든 감정으로 상대해야 하는 감정노동이기 때문이다.

4장

/

# 나는 은퇴 후를
# 이렇게 준비했다

# 1. 은퇴 후 가야 하는 길

노란 숲속에 두 갈래 길 나 있어,
나는 둘 다 가지 못하고
하나의 길만 걷는 것 아쉬워
수풀 속으로 굽어 사라지는 길 하나
멀리멀리 한참 서서 바라보았지.

그러고선 똑같이 아름답지만
풀이 우거지고 인적이 없어
아마도 더 끌렸던 다른 길 택했지.
물론 인적으로 치자면 지나간 발길들로
두 길은 정말 거의 같게 다져져 있었고,

사람들이 시커멓게 밟지 않은 나뭇잎들이
그날 아침 두 길 모두를 한결같이 덮고 있긴 했지만
아, 나는 한길을 또 다른 날을 위해 남겨두었네!
하지만 길은 길로 이어지는 걸 알기에

내가 다시 오리라 믿지는 않았지.

지금부터 오래오래 후 어디에선가
나는 한숨지으며 이렇게 말하겠지.
숲속에 두 갈래 길 나 있었다고, 그리고 나는 --
나는 사람들이 덜 지난 길 택하였고
그로 인해 모든 것이 달라졌노라고.


로버트 프로스트(1874-1963)의 시다. 시인의 "가지 않은 길"은 고등학교 시절 교과서에 실린 시여서 누구나 한 번쯤 구체적인 내용을 공부한다. 시의 내용과 시를 썼던 시인의 성장 과정과 시인이 살았던 배경 등에 대해서 자세하게 학습한다. 그래선지 '가지 않은 길'은 친숙하다.

번역한 시 가운데 게시한 시를 골랐다. 고등학교 때 국어 선생님은 이 시를 설명하면서 살기 위해 선택한 길 외에 또 다른 길들이 있는데 항상 선택하지 않은 그 길을 그리워하며 산다고 강조하셨던 것으로 기억한다. 60이 넘어 직장을 퇴직하고 읽은 '가지 않은 길'의 맛은 10대 청소년 때와는 달랐다. 청소년 때는 먼 이야기, 나와는 관련이 없는 이야기로 들렸다. 이제 선생님의 설명이 바로 이런 의미였구나 하고 40년이 넘어서 새삼스럽게 깨닫는다.

사람들은 가지 못한 길을 그리워하며 사는 것 같다. 지금에 와서 그때 그 다른 길, 무슨 길인지는 모르겠지만 그 길을 선택했다면 지금 어찌 됐을까? 궁금하다. 사람은 많이 경험하면 익숙해진다. 직장생활을 비롯한 삶이란 것도 마찬가지다. 새로운 그 길들을 다양하게 경험했더라면 60살이 넘어 퇴직 이후를 그다지 두려워하지는 않았을 것이다. 사람들은 대부분 정년 이후를 대충 살지하고 대수롭지 않게 생각하는 것 같다. 정작 퇴직 후 한두 해는 잘 견디는 듯하다 오래는 버티지 못하는 것을 자주 본다, 그리고 앞으로의 삶을 두려워한다. 두려워한 나머지 생을 달리한 경우도 봤다. 잘 지내는 줄 알았는데 어느 날 갑자기 부고를 받은 적이 있다.

평균 수명이 길어지면서 정년 이후 적어도 30년 정도를 더 살아야 한다. 2~30대 젊은 시절에는 패기로 직장을 선택한다. 나이가 들어서는 할 수 있다는 자신감만으로는 문제해결이 어려울 수가 있다. 그렇다고 평생을 제2 인생을 위해 준비할 수는 없을 것이다. 물론 제1의 인생에서 하던 일을 제2의 인생에서도 계속해서 할 수만 있다면 금상첨화겠지만 연결되는 일을 하기란 그리 쉽지만은 않은 것이 현실이다.

# 2. 은퇴 후를 위한 준비

나는 가보지 않은 길에 대해서는 깊이 생각해 본 적은 거의 없었다. 대학시절엔 경영인이 되겠다는 막연한 꿈을 가졌다. 먼 미래에는 사회복지 일에 희망을 두는 것도 바람직하겠다는 막연한 그림을 그린 적은 있었다.

나는 고등학교를 졸업하고 포항제철에 입사했다. 한 달 동안 연수원에서 교육받고 배치된 곳은 제강공장 제강정비과 제강정비 기능직 사원이었다. 자동차과를 졸업했고 정비사 자격증을 가지고 있는 것이 고려된 것 같다. 당시 포항제철은 국민적인 관심이 큰 국영기업이었다. 포항제철은 68년 영일만을 간척하는 일을 시작으로 공사가 시작됐다. 공장이 가동된 것은 73년 4월 1일, 만우절이다. 연수원시절 왜 만우절에 공장을 가동하게 됐으냐고 물었을 때 잊지 않기 위해서라고 했다. 그럴듯한 답변이다. 내가 입사한 75년은 포항제철의 초창기여서 사고가 많았다. 뜨거운 쇳물과 무거운 쇳덩어리를 다루는 공장이었기 때문에 사고가 발생하면 대부분 상상할 수 없는 큰 사고들이었다. 내가 투입된 제강정비는 제강공장에서 쇳물 제조 과정이 원활히 이루어지도록 기계들을 돌보는 분야다. 당시 제강공장은 넓이는 5천여평, 높이는 가장 높았던 종로2가의 31빌딩 높이라고 했다. 정비하는 사람은 그 넓고 높은 공장 구석구석을 살펴야 한다. 게을리하면 공장 가동에 차질이 발생해 천문학적인 손실이 발생하고 사고가 발생할 경우 생명을 위협한다. 그래서 기계 수리를 위해서 여러 날을 퇴근하지 못하는 경우도 많았다.

사고 날 때마다 사무직 간부들은 정비파트 직원들을 대상으로 '공돌이'라며 화풀이했다. 나는 그 소리를 들을 때마다 자존감이 상해서 정신이 혼란스러웠다. 나는 결국 그 소리를 참지 못하고 포항제철을 그만두고 1979년 6월 18일 군에 입대했다. 군 생활은 155mm 포병으로 3년 만기 전역했다. 1982년 2월 제대 후 대학에 진학했다. 고등학교 졸업 후 8년 만이다. 우리 5남매 중 여동생 2명을 제외한 3형제는 지금은 대우의 프레지오 아파트로 재건축된 잠실 시영아파트에서 자취했다. 나중에 대학에 진학하면서 여동생들도 합류했다.

나는 대학 4학년 때인 1986년 11월 20일 CBS에 입사했다. 그에 앞서 86년 9월 27일에 결혼도 했다. 당시 CBS에는 결혼하고 입사한 경우는 흔치 않았던 모양이다. 나중에 들은 이야기지만 CBS에서 일하는 여직원들이 결혼하고 입사한 나에 대한 아쉬움이 컸다는 이야기를 늘었다. 당시 CBS에는 보도와 광고 기능이 없었다. 전두환 등 군부가 정권을 잡으면서 비판적인 CBS는 종교방송이라는 이유로 언론사로서 가장 중요한 보도와 광고기능을 중단시켰다. 아마도 CBS를 눈 인의 터럭으로 간주했던 모양이다. 그만큼 자신들의 정권쟁탈이 부도덕했음을 암시한 것이란 생각이 든다.

CBS는 1992년이 돼서야 홈페이지를 구축했다. CBS가 인터넷에 홈페이지 구축한 것은 다소 늦은 감이 없지 않았다. 직원들은 홈페이지에 들어가기 위해서는 ID와 Password가 필요했다. 나는 ID를 today2010으로 했다. 매일, 매일을 오늘 하루처럼 일하다 2010년쯤 회사를 그만둔다는 내 의지를 반영했다. 하지만 나는 내 의지를 4년 늦춘 2014년 12월 31일자로 CBS를 사직했다.

나는 2000년에 들어서면서 회사를 그만두면 무엇을 할 것인가? 고민을 많이 했다. 막연하게 떠오른 것은 사회복지였다. 또 쉽게 접근할 수 있을 것이라는 기대도 있었다. 그즈음에 나는 신설이 확정된 대전 CBS 보도제작국장 겸 총무팀장으로 파견이 결정됐다.

1998년은 외환위기로 전국의 경제상황이 얼어붙었다고 해도 과언이 아니다. 이때 지방 발령은 가능하면 피하고 싶은 시절이었다. 어느 회사나 어려운 시절인데 경제적으로 더 열악한 지방에서 생활은 선뜻 내키지 않았다. 더욱이 방송국을 만들고 터를 잡아야 하는 신설 대전CBS 보도제작국장은 승진이었지만 두려움이 앞섰다.

IMF라는 경제적 암흑기에 교회도 어려움을 호소하는 상황이었다. 예상대로 현실은 더욱 어려웠다. 당시 대전에는 우리보다 10년 전에 선점한 복음방송인 극동방송이 자리를 잡고 있었다. 그래서 기독교방송이 있는데 또 다른 기독교방송이 왜 허가됐는지 모르겠다며 대전지역 기독교계의 불만이 만만치 않았다. 심지어 "CBS는 기독교 사회 성장의 과실만을 노린다."는 논리를 펴는 교계 인사들도 있었다. 처음 듣는 나로서는 충격적이었다.

나의 주 업무는 보도와 방송제작이지만 교회 방문을 소홀히 할 수 없었다. 다행히 방문하는 교회마다 나를 거들어 주는 친구들이 있었다. 중학교 때 우리 친구들 중에 교회 다니는 친구들이 그렇게 많았는지 몰랐다. 나는 부여군 홍산면에 있는 홍산중학교를 1971년 졸업했다. 420명이 입학해서 389명이 졸업했다. 입학한 친구들 중 일부는 졸업전에 서울과 대전 등지로 전학갔다. 중학교를 졸업한 친구들은 주로 고향에서 학업을 계속하며 농사를 짓거나 대전지역과 서울로 진학했다. 안정적인 공무원과 교육 분야로 꽤 많이 진출했다.

대전에 근무하면서 중학교 동창 중에 기독교인들이 많다는 사실을 확인하고 놀라웠다. 우리 중학교 동기동창 중 목사님이 3명, 장로님이 나를 포함해서 17명이었다. 방문하는 교회마다 친구들이 있어서 나에게는 많은 도움이 됐다.

나는 학업에도 관심을 가졌다. 과거와 현재의 나의 모습 중 미래의 나를 형성하는 것은 지속적인 학업에 의한 변신이다. 나는 이를 나에 대한 컨셉(concept)이라고 했다. 미래의 나의 concept은 자연스럽게 사회복지였다. 나는 고려대학교 조치원분교를 선택했다. 대학원 동료들은 대부분 사회복지 분야에서 일하고 있어 지금도 좋은 관계를 유지하고 있다.

# 3. 노후 준비 빠를수록 좋다

60이 되고 보니 자주 "정년하고 무엇을 하지"하고 자문한다. 친구들도 정년퇴임을 했거나 앞두고 있다. 친구들을 만나서 나누는 대화의 대부분은 '은퇴' 이후의 생활이다. 은퇴 이후에 대해 생각해 보면 지금까지 해 온 일들은 허공에 뜨는 듯한 느낌을 받게 된다.

퇴직 때까지 반복적이고 습관적으로 익숙한 길에서 떠나 직면해야 하는 또 다른 사회에 대한 낯설음으로 긴장한다. 젊은 시절 첫 직장에 대한 설래임과는 정반대다. 젊은 시절 첫직장은 기대가 컸다. 그래서 설래임이 있고 궁금하고 기대가 컸다. 은퇴 후에는 자기방어가 생각보다 높다는 사실을 지울 수가 없다.

이런 복잡한 생각들의 배경에는 먼저한 경험이 먼저 앞서면서도 은퇴 후의 삶이란 청사진을 스스로 만들어 내야 하는 두려움 때문일 것이다. 우선 젊은 시절 부지런함을 소환해 와야 한다. 그런데 이것이 부담일 것이다.

그러기에 은퇴 전 몇 년 동안 여기저기 다니면서 성공한 사람뿐만 아니라 실패한 사람들의 경험도 경청해서 자신에게 어울리는 청사진을 그려 나가야 한다. 그런데 그림을 그리다 꿈을 이루지 못하는 사람도 있다. 그 이유도 경청하는 것이 중요하다. 그리고 나름대로 시도하는 것이 시도하지 않은 것보다 더 낫지 않을까?

삶에서 은퇴라는 순간은 불안하다. 이런 생각들은 설문조사에서도 잘 나타난다. 영국의 HSBC은행은 세계 17개국의 성인들을 대상으로 『'은퇴'라는 단어에서 무엇이 떠오르는가?』라는 주제로 설문조사를 했다고 한다.

우리나라 사람들은 은퇴 후에 대한 조사에서 "경제적 어려움, 두려움, 외로움, 지루함"이라고 답변했다. 반면에 선진국에서는 "자유, 만족, 행복"이라는 단어로 답했다. 선진국은 연금을 비롯해 노인복지 제도가 튼실하고 건전하게 자리잡혀 있기 때문이라는 생각을 한다.

반면에 우리나라는 불안한 연금제도, 부족한 노인복지 제도 등이 반영된 것으로 볼 수 있다. 문제는 다른 나라에 비해 우리나라 은퇴자들이 느끼는 삶의 무게가 더욱 크다는 점이다.

우리나라 은퇴자 61%가 "은퇴자금의 부족"을 들었다. 반면에 싱가포르는 42%, 우리나라보다 소득 수준이 낮은 말레이시아가 38%, 인도와 중국이 26%였다. 아시아의 4마리 용으로 불리는 홍콩이나 대반노 각각 20%와 18%가 은퇴자금의 부족을 선택했다. 인식하는 정도가 우리나라보다는 매우 낮았다.

은퇴자금의 부족만이 두려움의 원인이었을까? 은퇴 시기인 60대 초반의 가장은 자녀들의 결혼을 준비하거나 앞두고 있다. 자녀들의 혼사는 '가정 대 가정' 간에 이루어지는 대사다. 간단하게 넘길 수 없는 일이다.

가장의 은퇴는 경제적인 역량에 따라 집안 분위기가 달라질 수 있다.

가장이 은퇴할 시기에 자녀들은 취직이라는 관문을 통과해야 한다. 경제적으로 여유가 있어야 사회적인 운신의 폭도 확대된다. 시작이 좋아야 은퇴 후 경제적인 문제를 해결하는데도 어느 정도 유리하게 담보할 수 있기 때문이다.

은퇴와 취직, 직장 즉 일터라는 공간에서 퇴장과 입장이란 양면성을 갖는 존재 방식이다. 직업은 사람과 가정, 사회와 국가가 존재하기 위한 가장 기본적인 장치다. 그래야 부모는 은퇴하고 자녀는 취직해서 가정의 지속성을 유지한다. 하지만 가장은 은퇴하지만 자녀가 취직하지 못했다면 지속성의 측면에서 불안하다.

취업으로 제2의 삶을 영위하는 은퇴자는 다행이다. 그럴 수 없는 은퇴자는 연금에 의지한다. 연금이 적고 미래를 보장할 수 없다면 불안하다. 우리나라 사람들은 대부분 국민연금에 가입하고 있다. 직군에 따라 군인연금, 공무원 연금, 교사들의 사학연금, 직장인들의 국민연금 등으로 구분할 수 있다.

국민연금을 제외한 군인연금이나 공무원 연금은 부족 자금을 재정에서 지원한다. 군인연금이나 공무원 연금은 이미 재정이 고갈돼서 재정에서 지원을 받고 있다. 국민연금 재정은 근로자와 사용자가 부담하는 구조이기 때문에 재정의 안정적인 측면에서 불안하다. 벌써부터 몇 년 후 재정고갈을 대비하기 위해 제도를 개선해야 한다고 하지만 소리뿐이지 해결을 위한 대책은 없다.

문제는 고령화로 인해 연금 지급 기간이 길어지고 있다. 반면에 저출산으로 국민연금 재정을 쌓아야 할 인구가 과거보다 줄어든 것이다. 그래서 연금 고갈 시기가 앞당겨질 수 있다는 우려가 제기되는 것이다.

국민연금 재정의 고갈 문제는 학자들이 자주 거론하는 연구과제다. 그만큼 국민적 관심사지만 선뜻 방안제시는 어려워서 대책 마련도 지체되고 있다. 국민연금 재정의 고갈 문제가 거론될 때마다 재정지원 방안이 거론되고 있다. 정부도 여론을 반영해 국민연금에 대해서도 재정에서 지원하는 방안을 긍정적으로 검토하고 있다.

청소년들을 위한 노후 문제를 위한 교육이 필요하다. 노후 문제는 하루아침에 해결할 수 없는 문제이기 때문이다, 미국은 젊은이들이 결혼과 동시에 은퇴자금을 모으기 시작한다고 한다. 미국 근로자 중 노후를 준비하지 않는 사람은 14%라고 한다. 은퇴 준비를 거의 하지 않고 있는 우리나라와는 다르다. 오직 국민연금만 바라보고 있으면서 스스로 노력하기 보다는 연금 재정의 고갈만을 걱정한다.

청소년 시절부터 직장을 구하는 문제와 은퇴 후 어떤 삶을 살아갈지를 구상하도록 하는 것은 중요하다. 교육을 통해서 제1의 삶과 제2의 삶을 구상하도록 해야 한다. 장기적인 안목에서 은퇴자금을 준비하는 것은 중요하다.

미국 근로자들의 근로기간은 평균 35년이라고 한다. 미국은 선진국들의 평균 근로기간보다 5년 정도 더 일을 한다. 미국인들이 부지런해서가 아니다. 5년 동안 은퇴자금을 더 마련해야 하기 때문이라고 한다. 미국인들은 은퇴자금 마련하는 기간을 대략 5년에서 7년 정도 걸리는 것으로 추정한다. 대비하지 못한 은퇴는 불안하고 자유롭지도 않다. 가지 않은 길, 경험해 보지 못한 길이기 때문이다.

# 4. 노후 준비를 위한 작업이 구체화

1. 내 이름으로 된 사업을 한다.
2. 평생을 할 수 있는 일을 한다.
3. 사회적으로 의미 있는 일을 한다.

나는 CBS를 사직하고 뜻을 둔 일에 실패했다. 뜻을 세우기 위해서는 CBS를 사직해야 했다. 그래서 2014년 12월 31일 자로 CBS를 사직했다. 목적 달성을 위해 전력을 다했다. 하지만 실패했다. 그날이 2015년 5월 말이었다.

나는 좀 지체했지만 미련 없이 CBS를 잊었다. 고등학교 시절 휴일이면 찾았던 남산도서관에 회원증을 발급받아서 1개월 정도 출근했다. 정신이 어지러웠지만 책을 읽었다. 남산타워 정상도 하루에 한 번씩 올라갔다. 1개월 정도 지났을 때 마침 근무지를 옮기기 위해 쉬고 있던 집사람의 제안으로 함께 제주로 떠났다. 서귀포에 있는 천주교 피정 시설에서 이틀을 보냈다. 그리고 서귀포에서 서쪽으로 하루에 20km씩 걸었다. 걸으면서 앞으로 무슨 일을 할지를 집사람과 고민했다.

집사람은 노인복지관 관장이다. 내가 퇴직하자마자 일을 할 수 있는 일에 대해서 알아본 모양이다. 개인도 데이케어센터를 할 수 있다고 했다. 나는 처음들은 명칭이었다. 집사람도 구체적으로는 설명하지 않았다. 나는 일단 데이케어센터를 설립하기로 결정했다. 어떻게 센터를 만들어 나갈지를 고민하며 자료를 찾았다. 그렇지만 자료 찾기는 쉬운 일이 아니었다.

나는 우선은 개인사업을 하기로 했다. 34년 동안 직장생활을 한 결과 얻어지는 것은 그 직장을 떠나면 사라지고 만다. 60이 넘은 나이에 다른 사람의 사업에 관여하고 싶은 생각이 없었다. 둘째로는 죽을 때까지할 수 있는 사업을 하기로 했다. 그 일은 사회복지와 관련된 일이다. 이를 위해 이미 사회복지사 자격을 취득했다. CBS대전보도국장 시절 주변의 도움으로 고려대 조치원분교 인문정보대학원(현 사회복지대학원)에 입학했다. 그리고 사회복지사 1급을 취득했습니다. 1998년 9월 학기에 시작해 2000년 8월에 학위과정을 마쳤다. 사회복지사 자격증이 내가 일을 할 수 있도록 도왔다. 마지막으로는 사회적으로 의미 있는 일을 하기로 했다. 그 일이 지금하고 있는 장기요양사업 중의 일부인 주야간노인복지센터, 즉 데이케어선터다.

제주도에서 20일 가까이 보냈다. 서귀포에서 제주시 제주공항 근처까지 하루에 20km씩 꾸준히 걸었다. 길을 잃어서 원점으로 돌아오기도 했다. 서울에 놀아와서 삭은아들과 함께 사업 장소를 구하러 다녔다.

이처럼 나름의 방향을 설정한 것은 2015년 7월이다. 겁 없이 시작은 했지만 만만치 않았다. 조언해 주는 사람들은 두 부류로 나눌 수 있다. 우선은 어떤 사업이든 개념 설정이 중요하다고 했다. 사회적으로 의미 있는 일이란 추상적인 개념에서 시작은 하지만 구체화할 것을 주문했다. 그 깊이에서 자신이 그동안 살아오면서 느낀 것이 반영되는 사업 중에서 재미있게 할 수 있는 일을 선택하는 것이다. 그 일을 사업의 대상으로 한다면 앞에 내세운 3가지 조건을 충족시킬 수 있다는 것이었다. 나도 이에 동의했다. 좋아하는 일을 평생직업으로 선택하는 것보다 바람직한 일은 없을 것이다.

이런 방향으로 생각을 구체화하면서 2008년부터 "주야간노인복지사업"을 해 온 사람들을 만났다. 그들은 여러 가지 일들을 주문했다. 전문적인 용어는 머리에 들어오지 않았다. 가장 중요하게 여긴 것은 센터 운영에 있어서 경제적으로 어려움이 없어야 하겠다는 점이다. 결론적으로 말하면 크게 하라는 것이었다. 얼마나 크게...? 대략 40명 이상이었다. 경험에서 나온 것이었다. 실제로 운영해 보니 그들의 조언을 듣기를 잘했다고 생각한다. 돈 벌 생각보다는 안정적인 운영에 초점이 맞춰진 주문이었다. 은퇴 후에 하는 일이니만큼 위험부담을 최소화하는 안정적으로 운영하는 것이 바람직하다는 주문이었다.

다니기 전에 통계청에 들어가 서울 시내 각 지역구의 노인인구 현황부터 파악했다. 노인인구가 가장 많은 서울 강서구부터 돌았다. 건물을 40여 개나 찾아다녔다. 내 생각처럼 건물주의 동의를 얻기는 쉽지 않다. 반대 이유는 노유자시설을 건물에 들이면 건물이 지저분해진다는 이유였다.

이런 이유를 안고 마지막으로 접촉한 곳이 현재 입주한 건물이다. 유명했던 "부산횟집"이라는 건물이다. 건물주도 우리가 입주해서 한참 지난 뒤에 주변에서 건물 지저분하게 노인시설에 줬다는 좋지 않은 이야기를 들었다고 했다.

건물을 계약한 것이 2015년 9월 14일이다. 계약 내용은 건물 5층 111평 전부다. 부산횟집은 건물 5층 모두 횟집으로 이용했다. 우리가 계약한 5층 일부에는 냉동창고가 있었다고 한다. 우리 앞에 골프연습장이 입주하려고 계약했었다.

그런데 골프장 층고가 나오지 않아 중간에 계약이 해지됐다. 우리가 입주할 때는 소송 중이었다. 이런 사정은 계약하고 나중에 들었다. 부동산에서도 설명하지 않았다. 골프장 계약했던 사람이 와서 들려줬다. 나는 다소 긴장했지만 우리한테 피해 주지 않고 잘 해결된 것으로 안다. 우리가 입주하려고 할 때는 5층에는 건물 잔해물들은 이미 철거된 상태였다.

바닥에 보일러 설치를 위해 평탄 작업을 해야 했다. 바로 밑에 층 헬스장과 작업 소음으로 자주 갈등이 있었다. 별거 아닌데도 핏대 올리며 문제를 제기했다. 작업은 한 달 보름 정도, 10월 말이면 완성할 줄로 알았는데 1개월이 더 소요됐다. 설치하고 서울 양천구청으로부터 장기요양기관 지정서와 필증을 받는데 2개월 보름이 걸렸다.

우리 센터의 규모는 건물 5층 전체 111평으로 47명 시설이나. 시삭할 때는 양천구에서 가장 큰 규모였고 시설이 많은 강서구를 합해서도 3~4위 안에 들어가는 시설이었다.

사회복지 중에서도 노인복시 시설을 꾸며서 풀어내는 깃도 민민치 않았다. 과정 과정에 돌발하는 상황이 벌어졌고 장애물도 많았다. 가장 힘든 일은 사람을 대하는 일이었다. 나중에 생각을 전면적으로 수정했지만 기자 생활만을 해 온 자신이 너무 힘든 일이었다. 언론인은 취재와 관련해서 취재원에게 한마디 하면 모든 일의 결과를 얻을 수 있었다. 거침도 막힘도 없었다.

시설 공사를 할 때는 그 분야 일꾼이 최고였다. 안 움직이면 일이 정지됐다. 내 맘은 타들어 가는데 그들은 시간이 돼서야 오고 시간이 되면 짐을 쌌다. 위아래 층 사업하는 사람들과의 관계도 중요했다. 공사로 발생하는 소음과 먼지, 진동 등등 너무나 복잡했다. 그런 과정을 거쳐서 작은 또 하나의 세상이 조성되어 갔다.

그 모든 과정은 관청으로부터 노인복지사업을 위한 시설로 승인을 받기 위한 것이다. 승인 절차 중 가장 민감한 부분은 소방과 장애인, 즉 노유자 시설로 용도를 변경하는 일이었다. 소방 부문은 인가를 받은 소방전문업체에 의뢰해서 작업을 추진하면 그만이다. 장애인 관련 시설은 건물을 새로 짓는 것이 아니라 기존 건물을 변경하는 것이어서 애로사항이 많았다.

특히 아래층에서 영업 중일 경우 수도와 개스관 이설작업, 화장실 구조변경에 애를 많이 먹었다. 심한 경우 포기해야 하나 이런 고민도 했다. 소방 분야는 공사 중에도 새로운 법 제정 등으로 인한 신규장치를 설치해야 하는 일도 있었다. 아무튼 부족한 부분을 이해해 주고 도와준 분들께 감사를 드린다.

시설을 갖추고 지정서를 받아 들고서는 텅빈 센터를 물끄러미 바라보았다. 머리가 쉬는 것 같았다. 어르신들을 어떻게 모아서 정원을 채우지하고 생각하니 앞이 막막했다. 또 하나는 직원을 선택하는 문제다. 쉽지 않았다. 직원들을 빨리 모집하기 위해 정년을 없앤 것이 주효는 했다.

오픈이 12월이어서인지 복지관에서 60세에 정년하고 일하겠다며 지원하는 사람들이 많았다. 사람이 많이 모이다 보면 별의별 사람과 그들로 인한 사건들이 발생하기 마련이다. 나이로 군림하려는 사람, 전에 직장을 내세우며 자기 과시하는 사람, 자신이 전문가라며 상대를 내려 보는 사람, 일은 대충하면서 관리자에 아첨하는 사람, 어찌하든지 8시간만 버티려 하는 사람 등 다양했다.

기준이 필요했다. 항상 그때마다 내가 기준임을 강조했다. 내가 제시하지 않은 전 직장에서의 경험은 참고 사항일 뿐 적용하지 않도록 했다. 초창기에는 매주 수요일마다 직원회의를 열어 반복에 반복을 거듭하며 앵무새처럼 교육했다. 그래도 안정되는 데는 많은 시간이 흘렀다. 그래서 얻은 교훈은 "센터에서 필요한 사람은 있지만 만족스러운 사람이 모이기까지는 시간이 다소 지연될 뿐이다."

지역사회와 관계를 가까이하는 것도 중요하다. 그래서 센터가 있는 목3동사무소의 주민 자치위원으로 활동했고 향우회도 수소문해 찾았다. 과정 과정에서 부딪치는 일들이 때로는 자존심을 상하게 하는 일들도 많았다.

지역사회에 뿌리를 잘 내릴 수 있도록 사업의 토대를 튼튼히 해야 한다. 힘든 일일수록 실현을 통해 스스로 보람을 느껴가는 것이 중요하다. 이런 과정이 사업을 성공적으로 쌓아가는 촉매제라고 생각한다. 시련은 성장의 과정이며 성장의 동력이라는 생각을 한다.

데이케어센터를 운영하면서 느낀 일이지만 보호자들은 문제가 닥쳐야 해결을 위해서 우리를 찾아온다. 당해야 찾는다. 사회복지기관이 적절하게 이용되기 위해서는 이를 위한 홍보와 교육이 필요하다. 사회복지는 어릴 때부터 교육돼야 한다. 복지국가는 스스로 복지국가의 일원으로서 자격을 갖추기 위해서는 교육이 필요하다. 사회복지는 필요하면 제공되는 것이 아니라 어릴적 때부터 훈련이 필요하다.

# 5. 목동중앙데이케어센터 한결 같이....


　나로서는 오늘 즐거운 날이다. "목동중앙데이케어센터"를 개업하고 3년이 되는 날이다. 공사 기간을 합하면 3년 3개월이다. 만감이 교차한다. 3년 전 오늘(2015년 12월 4일) 서울 양천구청으로부터 "노인복지시설 설치신고 필증"과 "지정서"를 받았다. 지정서를 받자마자 양천세무서로 달려가서 "고유번호증"을 받았다. 그때 시각이 2015년 12월 4일 오후 5시30분쯤이다. 이날은 금요일이어서 월요일인 12월 7일을 업무개시일로 잡았다. 이제 새로운 4년을 시작한다.

　"목동중앙데이케어센터"를 시작하기 전 언론인으로서 30년 가까운 세월을 보냈다. 포항제철에서 시작한 직장생활을 포함해 34년 만에 시작한 개인사업이다. 내가 노인복지 사업을 하는 것에 대해 찬반이 엇갈렸다. 고려대학교 인문정보대학원에서 사회복지를 함께 공부한 동료조차도 우려 섞인 반응이었나. 그는 사회복지에 평생을 헌신한 장로님이었다. 대전 정부 3청사 어린이집을 시작부터 20년 넘게 운영했던 대전지역 사회복지분야에서는 입지전적인 감리교 장로님이었다. 나이는 비슷했지만 내가 존경했던 사회복지계의 선배였다. 대전에서 조치원까지 대학원을 다닐 때 갈 때는 열차를 타고 가지만 귀가할 때는 장로님이

집 앞까지 태워줬다. 늘 감사드리는 장로님이었다.

　장로님은 항상 칭찬을 겸해서 이렇게 충고해 줬고 나는 경청했다. "권 장로가 놀라운 것은 언론인 출신이면서 사회복지계에 발을 들여놓았다는 점이다. 그런 권 장로가 존경스럽다. 그러나 사회복지계의 운영자가 되려면 자신의 자존심을 수면 이하 아니 바다 밑까지 내려놔야 하는 경우가 흔한데 그것이 가능할까에 대한 의구심은 많이 든다. 특히 어르신들을 상대해야 하는 장기요양분야는 갑질도 대단하다. 내가 갖고 있는 언론인에 대한 정서는 권위적이고 비타협적이고 상황판단이 부족하고 항상 자신이 바르다고 고집스럽게 생각하는 경향이 있다. 이런 생각으로는 사회복지계에 적응하기가 매우 어렵다. 그래서 우려하는 것"이라고 설명했다.

　나는 장로님의 충고를 지금까지 벗어난 적이 없다. 주변의 이런 우려와 걱정 속에 시작한 사업은 기대 이상으로 순조롭게 잘 진행됐다. 운영도 비교적 큰일이 발생하지 않고 자리를 잡아왔다. 장로님의 가장 큰 우려는 보호자들의 소위 갑질에 대한 대응을 언론인처럼 강하게만 대응하지 말고 상대의 이야기를 잘 들어주고 순응하는 자세로 대하면 크게 문제에서 벗어나지 않을 것이라는 고언이 나에게는 많은 도움이 되었다.

　보호자나 이용 어르신들은 내가 언론인 출신이라는 사실을 대부분 모른다. 제기된 문제는 가능한 범위 내에서는 센터 내에서 해결해 나간다. 원래 살갑지 않은 성격이지만 상대를 쉽게 파악하는 직감에 의한 적절한 대응이 주효했던 것으로 생각된다. 센터가 자리를 잡아갈 때 장로님의 전화가 왔다. 우려했던 갑질에 대한 대응, 어르신 유치 현황 등에 대해서 자세히 묻고는 내가 도움도 안 되면서 너무 걱정만 했다고 했다. 나는 장로님의 우려 섞인 말씀이 지금까지 지내오는데 나침판이 되었다고 밝혔다. 그리고 걱정과 우려 속에 기도해 주신 덕분이라고 감사드리고 너무 걱정하지 말라고 말씀드렸다.

이 같은 주변의 걱정 속에 9개월 만에 정원 47명을 채웠다. 직원은 18명이다. 여기에 이르기까지 짧은 기간이지만 지난 과거를 생각하면 만감이 교차한다. 가장 힘든 일은 이용 어르신들을 모으는 일이었다. 시설을 갖추고 간판을 달면 채워진다고 생각하지는 않았다. 사정의 심각성은 긴장하지 않을 수 없었고 한편으로는 한심했다.

나는 센터를 시작하기 전 서울 강서와 양천지역 20여 군데 데이케어센터를 방문해서 설명을 들었다. 자연스럽게 질문에 답해 주지는 않았다. 어머니를 내세워 입소 상담을 핑계로 나의 궁금증을 해결했다.

이렇게 내가 중점을 둬서 들은 것은 어르신들을 모으는 방법이었다. 이구동성으로 제시한 방법은 현수막을 거치하는 방법이었다. 센터 문을 열고 1주일이 지난 뒤 현수막 150장 족자 180장 등 330장을 제작했다. 그리고 일주일에 10장씩 공항대로 능 강서 양전지역에 거지했다. 속자는 골목골목을 돌아다니면서 걸었다.

그리고 문어발 2만장, 전단지 30만장을 제작했다. 문어발은 하루 8시산씩 공항동에서 당산동까시 보이는 전신주나나 붙였다. 전단지는 강서 양천지역에서 가장 많이 배포되는 주요 일간지에 3주 동안 가독율 높다고 하는 요일을 선택해서 배포했다. 그런데 전화 몇 통으로 끝났다. 하지만 일주일쯤 지난 뒤부터 전화가 오고 상담자 방문도 늘었다.

상담이 늘면서 내담자들이 무엇을 보고 오는지가 궁금했다. 그래서 내담자가 방문할 때마다 "무엇을 보고 오셨나요?"하고 물었다. 대부분 현수막이었다. 그리고 강서구청이 발간하는 구정신문인 "까치뉴스"였다. 그래서 양천구청이 발간하는 구정신문인 "양천신문"에도 게재했다. 구정신문 하단에 한 번 게재하는데 130만원정도 부담했다. 강서구청의 까치뉴스에 게재는 반응이 좋았다. 신문에 게시한 광고를 몇 개월이 지나서 스크랩해 들고 오는 어르신도 계셨다. 양천신문의 반응은 전혀 없었다. 배포하는 방법에 차이가 있었다. 까치뉴스는 통반장님들이 신문을 들고 가가호호 방문해 배포하지만, 양천구청은 아파트 통로 앞에 쌓아놓고 만다. 볼 사람만 보는 것이다. 그 당시 우리 집은 목동아파트 10단지였는데 역시 마찬가지였다.

나는 대로변에는 현수막을 붙이고, 골목에는 족자를, 전봇대에는 문어발을 붙였다. 현수막과 족자는 1주일에 한 번씩 붙였지만, 문어 발은 거의 매일 전봇대에 붙였다. 하루 15시간씩 1개월 이상 붙였다.

반응은 두 군데에서 왔다. 첫째는 보호자들의 반응이 좋아 내담자들이 많이 늘었다. 매주 월요일에는 서너명씩 내담자들이 방문했다. 1개월에 적게는 4~5명, 많게는 10여명이 입소했다. 2016년 9월에는 정원 47명이 채워졌다.

다른 한 곳은 양천구청과 강서구청이었다. 과태료 고지서가 각각 300만원 가까이 나왔다. 경고도 없이 양구청에서 날라 온 고지서를 받아 들고는 아찔했다. 양 구청 합계 600만원이다. 나는 사실 현수막 붙이는 것이 과태료 대상이라고는 생각하지 않았다. 우리뿐만 아니라 다른 센터에서도 많이들 붙였다. 특히 정치하는 사람들은 현수막을 걸어도 과태료를 부과하지 않는다. 내가 별종인가 그들이 별종인가? 아무튼 나는 그동안의 언론인도 아니고 서민이어서 정치인과는 다른 대상이었다.

과태료 고지서를 들고 고민했다. 양쪽 구청 아는 사람을 찾아 연줄을 대보려고 했지만 않기로 했다. 현수막과 문어발 작업으로 어르신들이 채워주니 댓가를 긍정적으로 감수하기로 했다. 그 뒤에 구청에서 마련한 공공게시대가 있다는 사실도 알았다. 공공게시대는 구석에 있는데다 인터넷 선착순이어서 당첨되기가 매우 어려웠다. 특히 게시하고 싶은 공공게시대를 당첨되는 데는 하늘의 별을 따기보다도 어려웠다. 요즘은 되는대로 게시대에 현수막을 붙인다.

나는 아침에 잠자리에서 일어나면 감사기도를 드린다. 지난날을 묻어두고 새날을 허락하셔서 감사합니다. 그리고 모든 일이 감사합니다. 그 세세한 감사의 내용을 나열할 수 없지만 의식하지 않고 숨을 쉬듯이 간섭하시는 주님의 은혜를 감사드립니다. 조용히 생각해 보면 내가 한 것 같지만 계획에 이르도록 인도하신 이는 주님이다. 그리고 이루도록 간섭해 주신이도 주님이다. 훌륭한 직원을 붙여주셨고 그 일에는 아내가 많은 역할을 했다. 이처럼 모든 과정 과정을 계획하고 이끌어 주시고 이끌어 갈 수 있는 지혜를 허락하신 이는 주님이다. 주님은 결국 3년 동안 한결같이 계획하시고 이끄시고 성업으로 채워주셨다. 나는 단지 그 길 노상에 있었을 뿐이다. 나의 입에서 자연스럽게 나오는 고백이다. 하늘을 우러러 항상 이렇게 외친다.

"나와 항상 동행하시는 주님의 은혜는 찬란하고 영원하다.....!"

5장

/

# 인연은 연민으로 남지 않는다

# 1. 정성을 다해가는 센터

나는 매일 아침 6시 10분이면 센터에 도착한다. 매일 아침 4시 30분에 일어나서 기도하고 정리하면 5시쯤 된다. 걸어오면 50분 정도, 지하철을 타면 45분 정도, 버스를 타면 15분 정도 걸린다. 경우에 따라 선택하지만 1주일에 3일은 걸어서 출근하고 걸어서 퇴근한다. 하루 평균 15,000보를 걸으려고 노력한다. 나는 운동하는 시간을 정하지 않는다. 다만 생활이 운동이 되도록 해야 한다고 생각한다. 이렇게 해야 삶을 규칙적으로 이끌어 갈 수 있다고 생각한다.

날씨가 추워지면 사무실에 조금 더 일찍 나온다. 우리 센터는 111평이다. 주방과 화장실, 세탁실, 목욕실을 제외하고는 바닥에 온수 보일러를 설치했다. 바닥 온도를 높이면 실내 온도는 따라서 올라가는 구조다. 급하게 실내 온도를 높이기 위해서는 천정에 설치한 냉난방 겸용기를 가동한다. 냉난방 겸용기는 4대 중 2대는 냉난방 겸용이다. 냉난방 겸용은 입구에도 1대가 설치되어 있다.

하지만 지금까지 실내 온도를 높이기 위해 천정의 난방기를 작동시킨 적은 거의 없었다. 그 만큼 바닥 난방 시설이 밀도 있고 충실하게 잘 되어 있다. 설비하는 인부들을 쫓아다니면서 부지런히 잔소리하며 주문한 덕이라고 생각한다.

우리 센터는 40평짜리 보일러 2대를 설치했다. 바닥에 온수 코일을 깔아서 목수들을 쫓아다니면서 바닥에 못질하면 안 되는 이유를 설명했다. 아직 9년이 지나가도록 보일러에 큰 사고는 없었다. 콘트롤 판넬만 올들어 한 번 교체했다.

우리 센터는 실내 온도를 1도 올리는데 보일러를 한 시간 정도 1시간 정도 가동한다. 추워지면 그 시간이 비례해서 늘어난다. 월요일 아침에는 실내 온도가 보통 14~15도 정도다. 토요일 저녁부터 주일 내내 보일러를 틀지 않았기 때문이다. 평일에는 18~19도, 추울 때는 17도 정도를 나타낸다. 영하 15도 이하로 추울 때는 반드시 '외출' 버튼을 작동시켜서 밤새 동파 등의 사고가 발생하는 것을 예방한다.

오늘 아침은 영하 8도라고 TV 등에서 난리다. 아침에 도착하니 실내 온도는 18도, 2시간이 지나면서 20도를 넘어서 훈훈해지기 시작한다. 엘리베이터 앞에 설치한 천정 난방기는 어르신들 도착하기 10분 전에 가동하면 로비 전체가 훈훈해진다. 문명의 이기는 우리들의 삶을 편안하게 하고 자연의 어떠한 변화에 대해서도 능동적으로 대처하도록 한다. 하지만 문명의 이기 앞에서 겸손해져야 한다.

자연으로부터 오는 혜택을 우리 스스로 수용하면서도 너무나 당연한 것으로 생각하는 경우가 너무나도 많다. 그런 혜택을 누리면서 인간들에게 유리한 쪽으로만 유도해 간다면 반대쪽에서는 반발하는 반작용이 있을 수 있기 때문이다. 그래서 우리는 그 부분에 대해서도 관심을 가져야 한다.

편리한 것에만 관심을 가질 것이 아니라 영향을 당하는 반대에 대해서도 배려가 필요하다. 우리들이 살아가면서 자기중심적으로 살아가지만 나 아닌 우리라는 범위 안의 사람들, 즉 이웃에 대한 관심과 배려도 중요하다는 것이다. 그것이 행복한 삶을 지속시켜 나가는 방법이다. 행복은 자기 혼자만이 아니라 타인과 더불어 누릴 때 진정한 행복이다.

스스로 행복하다지만 밖에 나가서 보면 그렇지 않은 사람들을 숱하게 볼 수 있다. 그때마다 행복은 반감된다. 나와 너 즉 우리의 행복을 추구해 나가야 한다. 우리 "목동중앙데이케어센터"가 추구하는 방향이기도 하다. 그래서 감사하다. "어르신들의 삶의 향기를 디자인하는 목동중앙데이케어센터" 이것이 우리 센터의 목표다.

## 2. 기다림 그리고 지혜

나는 매일 아침 5시 34분에 5호선 신정역에서 여의도 쪽으로 가는 첫차를 탄다. 그때까지 잠잠하던 열차 운행 정보가 안내 스크린에 등장하는 것은 5시 30분쯤이다. 첫차가 화곡역쯤에 올 때 나타난다. 그런데 역 한 구간을 간격으로 뒤쫓아 오는 지하철이 있다.

34분 차를 놓치면 다음 열차는 40분에 출발한다. 34분 차를 타다 보면 그때까지 타지 않는 사람들을 볼 수 있다. 나는 34분에 이어서 오는 다음 차를 타고서야 그들이 다음 차를 타는 이유를 알았다. 첫차는 일터로 가는 사람들이 가득해서 자리에 앉을 수가 없다. 앉더라도 몇 정거장을 지나서야 자리가 생긴다.

그런데 다음 차는 자리가 텅 비어있다. 첫차로 사람이 몰리니까 다음 차에는 사람이 덜 몰리는 것이다. 흥미로운 일이다. 첫차를 보내고 다음 차를 기다리면 앉아서 갈 수 있다는 기다림의 미학이라고나 할까? 아니면 지혜라고 할까?

사람들은 많은 경험을 통해서 지혜를 발현한다. 경험이 삶의 미학을 보여주는 것이다. 편함이라는 미학.....? 우리는 때로 잊기도 하지만 그 경험은 소중하다. 잘 간직하면 그것으로부터 얻어지는 것들이 있다는 것이다.

어른들이 삶을 통해서 지혜를 발견해서 적용하듯이 삶이란 경험은 세상을 힘들이지 않고도 건너게 한다. 그래서 경험을 무시할 수 없다. 경험이 많고 다양하면 거기에서 나오는 지혜는 세상의 많은 어려움을 더욱더 잘 극복하도록 돕는다. 경험이 세상을 넘는 지혜의 통로이자 목표에 빨리 도달할 수 있는 첩경인 셈이다.

# 3. 인연을 맺어가는 센터

　장기요양기관을 운영하다 보면 사고도 발생한다. 그리고 전혀 예상하지 못한 일들도 발생한다. 아마도 수급자들의 가정 사정이 다양하고 인지저하증/치매 가족으로 인한 위기 상황이기 때문이라는 생각을 한다. 때로는 이러한 상황으로 인해서 우리에게 가족 간의 사정을 중재 요청하는 경우까지 등장한다. 어르신뿐만 아니라 보호자들과 갈등을 빚기도 한다. 그러면서 정이 든다. 그런 과정에서 다른 기관으로 옮겨가기도 한다. 센터나 요양원으로 이동하면서 그곳에서 돌아가신 어르신들도 계시다. 이렇게 인연을 지어간다. 인연은 좋은 상황으로 맺어지기도 하지만 그렇지 않은 경우도 많다. 데이케어센터는 아파서 오는 곳이기 때문이다. 치료하는 곳으로 알고 오는 보호자들도 있기는 하다 그런 측면에서 좀 애매한 곳인 것은 사실이다.

　고통을 치유하는 병원은 어느 정도의 목표를 설정할 수 있다. 물론 순기능적인 목표 달성도 있지만 역기능적인 부분도 있다. 그래서 가슴이 아플 때도 있다. 그러나 데이케어센터에 오는 어르신은 인지저하증/치매와 노인성 질환을 함께 앓는 경우가 대부분이다. 그리고 연세도 60세에서 90세, 100세 넘은 어르신도 흔히 볼 수 있다. 질환을 앓고 있는 어르신들도 병원처럼 치유를 기대할 수 없다. 그 상태가 더욱 깊어지지 않는 정도가 우리들의 기대치요 바램이다.

요양원으로 가신 어르신들 중에는 인지저하증/치매가 더욱 깊어져서 가신 경우가 대부분이지만 보호자들의 돌봄 여건이 좋지 않아 옮긴 경우도 있다. 직원들을 채용하다 보면 우리 센터를 이용하셨던 어르신들의 소식을 그들로부터 간접적으로 듣기도 한다. 동종업종에서 종사하는 사람들이기 때문에 가능하다고 생각한다. 어르신들의 소식을 들을 때마다 여기서 생활을 떠 올리기도 하지만 상태가 더욱 심해졌다는 소식을 들으면 안타깝다. 건강 상태가 좋지 않은 상황에서 이루어지는 만남이기 때문에 좋았던 기억보다는 안 좋은 기억이 더 많다. 단순히 인연이라고 생각할 수도 있지만 참 안타깝다.

건강하게 살기 위해서는 건강과 함께 상황에 처신하는 긍정적인 마음이 중요하다고 생각한다. 무엇보다도 감사하는 마음이 우선이다. 작은 일에 대해서 "감사합니다"라는 말을 자주 하는 사람은 처신하는 방식이 다르다. 보다 긍정적이고 적극적이다. 저 어르신이 왜 인지저하증/치매 어르신이라고 할 수 있어 할 정도로 참으로 밝은 어르신이 계신 반면에 당황스럽고 곤혹스럽게 처신하는 어르신도 계시다. 인지저하증/치매 어르신이니까 하고 간단없이 정리해 버린다.

어르신과 보호자들이 우리 센터와 인연을 맺기 위해 자주 방문한다. 센터를 처음 방문할 때 어르신들의 처신을 보면 센터에서의 생활도 짐작할 수 있다. 엘리베이터에서 내리면서 "감사합니다" 하는 어르신은 대부분 센터 생활에서도 잘 적응하신다. 센터 내 직원뿐만 아니라 다른 어르신들과도 특별한 인연을 지어 가신다.

반면에 "왜 나를 여기에 보내..."하며 아들딸에게 역정을 내는 어르신은 센터에 입소하시지도 않지만 오더라도 센터에 적응이 어렵다. 등록은 하지만 센터에 나오지 않아 보호자의 애를 태운다. 센터가 있는 5층에서는 긍정적으로 답해놓고 엘리베이터를 타고 1층 로비에 내려가자마자 육두문자를 쏟아내는 어르신들도 계시다. 이렇게 육두문자를 쏟아내는 어르신은 대부분 남자 어르신이고 사회성이 좀 부족하다. 우리 센터에서만 그럴까 하고 다른 센터 사정을 들어보면 내 예감이 맞는 것 같다. 어찌하면 좋을지 많은 고민을 해 본다.

# 4. 무더위와 어르신들

무더운 여름이면 어르신들의 출석률이 높아진다. 반대로 추운 겨울에는 출석률이 떨어진다. 어르신들의 출석률은 센터 운영에 있어서 매우 민감하다. 2년 넘게 센터를 운영하면서 얻은 교훈이다. 그래서 계절마다, 분기마다 출석률이 어떻게 달라지는 지를 구체적으로 분석한다. 어르신들의 연세가 높다 보니 일반인들보다 적용해야 할 조건들도 다양하다. 또한 다양한 상황에 대해서도 민감하다.

센터를 갖추기 위해서는 개인이 자금을 조달해야 한다. 설립 초창기 자금은 자기자본과 일부는 차입도 해야 한다. 그리고 오픈 한 뒤에는 운영자금이 있어야 한다. 어르신이 사용료를 내고 입소하는 것이 아니라 사후정산이기 때문이다. 나는 운영자금으로 6개월 정도에 1억원으로 시작했으나 6개월 뒤에 1억원을 주변에서 차입해야 했다. 한꺼번에 정원 47명이 뚝딱 입소하는 것이 아니라 차츰 들어온다. 그리고 연세가 높은 어르신들이라 수시로 병원에 간다. 그러니 어르신들의 출석률에 민감하다. 어르신들이 출석한 만큼 수가가 책정되기 때문이다.

덥고 추운 변수에도 불구하고 한결같이 운영할 수 있는 대비책을 마련해야 한다. 어르신들의 프로그램에 대한 호불호를 파악해야 한다. 또

한 식사와 환경 조성도 중요하다. 특히 식사는 위탁 급식보다는 직접 조리해서 드리는 것이 바람직하다는 생각이다. 그리고 어르신들의 특성을 민감하게 파악해야 한다. 어르신들의 말투 속에 뼈가 있다.

하루는 어르신들이 송영차를 타고 막 들어오셨다. 그때 한 어르신 생활실로 들어서면서 "죽어서 가는 그곳도 이렇게 시원할라나." 하신다. 밖이 덥다는 비유치고는 가슴이 아리고 아프다. 삶에 대한 사랑은 세월을 녹이고도 남는다. 농어촌 지역에서 올라오신 어르신들이 계시다. 치매 걸리기 전의 기억은 대부분 살아있지만 치매 이후의 기억은 없다. 육신은 쇠하여 가고 고집스러워지고 자신에 대한 집착도 강하게 나타난다. 오직 자신만 있을 뿐이다. 그만큼 치매가 무섭다.

우리 센터 실내는 겨울에는 바닥에 보일러를 설치해서 따뜻하게 하고 여름에는 천정에 설치한 냉난방 공용 에어컨 4대를 가동한다. 어르신들의 체력은 기온에 매우 민감하다. 어떤 어르신은 덥다고 한다. 일부에서는 춥다고 한다. 인지저하증/치매 어르신의 경우 파킨슨도 함께 오는 어르신이 있다. 그 어르신들은 날씨 분간이 어렵다. 한 여름인데 집에서 가져다 놓은 겨울옷을 입고서 나선다. 한여름 밖의 사정을 아무리 설명해도 막무가내다. 밖의 사정을 알 수 없는 어르신들은 계속해서 고집을 부린다. 사정하고 달래고, 아무리 설명해도 소용이 없다. 치매라는 질병이 무섭다.

아무리 더워도 겨울옷 서너벌을 차려입고 나오는 어르신도 계시다. 보호자들도 지쳐서 이제는 포기한 상태다. 우리는 보호자와는 다르다. 잘 설득하고 때로는 거짓으로 상황을 설정하고 어르신의 부담을 덜어드린다. 보호자들은 이런 어르신들에 대해서 우리에게 하소연하기도

한다. 우리는 이런 보호자들의 고충을 해결하기 위해 3개월에 한 차례씩 보호자 모임을 개최한다. 참석자는 많지 않다. 한 명도 참석하지 않는 경우도 많다. 하지만 상담을 통해서 수시로 대응한다.

# 5. 해결사여야 하는 센터장

93세 어르신이 사무실에 오셨다. 오자마자 "나 이것 좀 빼 줘" 딸이 어버이날에 보석 반지를 손가락에 끼워줬단다. 그런데 문제가 생겼다. 빠지질 않는 것이다. 얼마나 빼려고 하셨는지 손가락이 부었다. 일단 손가락 안으로 반지를 밀어 넣었다. 부은 것이 어느정도 가라앉은 뒤에 반지를 뺐다.

어르신들은 문제가 생기면 무조건 나를 찾아오신다. 거울이 문제 생기거나, 안경다리가 문제가 생겨도 나를 찾는다. 센터 내의 각종 설비의 고장은 내가 수리한다. 그러니 주일에도 예배를 마치자마자 센터로 와야 한다. 나에게는 주일날이 그나마 유일하게 쉬는 날이다. 토요일에도 이용을 원하는 어르신들이 계시면 운영해야 한다. 그래서 쉬는 날은 주일과 설날, 추석날, 그리고 노동자의 날이다. 수리해야 하는 일이 있으면 주일 오후에 혼자 나와서 수리한다.

모든 시설을 공사하는 사람들을 통해서 갖췄다. 설비의 위치와 규모 등은 모두 내 지침에 따른 것이다. 적당히 손재주가 있는 나로서는 수리도 거뜬히 해낸다. 이런 경험으로 센터를 준비하는 사람들에게는 잡다한 수리는 직접 할 것을 권한다. 직접 하면 시설을 개선해야 할 것들도 나타나게 된다. 지출도 줄일 수 있다.

사람을 부르면 인건비가 하루 2~30만원이다. 인건비가 자재비보다 더 많다. 전문가가 아닌만큼 수리해야 할 부분에 대한 개념을 반복해서 정리한다. 그리고 수리 요령까지도 다소 시간이 걸리기는 하지만 나름 연구한다.

작업 도구와 자재들이 들어오면 수리 위치에 대략적으로 적용해서 맞는지를 우선적으로 파악해야 한다. 그리고 수리나 조립 요령을 나름대로 정리해 나간다. 이런 요령을 수리할 때마다 반복해서 적용하면 수리는 그다지 어려운 일은 아닐 것이다.

사회복지시설에서는 지출을 최소화해야 한다. 조건은 없다. 아끼지 않으면 개인 시설은 운영 할 수가 없다. 소소한 돈이라고 가볍게 여기면 빗방울에 바윗돌 뚫리듯이 감당할 수 없는 지경을 맞을 수도 있기 때문이다. 그러니 소소한 일들도 원장을 찾는다. 그래야 어르신들의 당한 일을 해결할 수 있기 때문이다. 즐거운 하루다.

# 6. 방송에서 본 어르신들의 사고

내가 유일하게 보는 TV프로가 있다. 아침 7시 50분부터 하는 KBS1의 "인간극장"이다. 이번 주에는 경남 거창에서 사시는 100살이 넘은 어르신과 65살에 혼자된 며느님이 살아가는 고부간의 이야기다. 서로 티격태격하시며 살아가는 모습이 요즘 서울에서 느낄 수 없는 이야기다.

또 하나는 100살이 넘은 어르신이 어쩌면 저렇게 총기가 있을까? 하는 놀라움이다. 며느리는 매일 아침, 점심, 저녁을 조금이라도 식사해야 한다며 그것이 장수의 비결이라고 설명한다. 건강해야 총기가 흐려지지 않나 하는 생각이 들기도 한다.

그런 어르신에게 어제(12월 12일) 아침 방송에서 내 가슴이 철렁하는 사건이 발생했다. 고부는 농협을 찾았다. 농협에서 볼 일을 마친 고부가 농협을 나서는데 계단을 내려오던 100살이 넘은 어르신이 그만 낙상하셨다.

내가 "아이고" 하니 사무실에 있던 직원이 뛰쳐나왔다. 생활실에 어르신들이 무슨 일이 발생한 줄 알고 뛰쳐나온 것이다. 상황 설명을 들은 직원들은 "원장님, 직업은 못 속여요" 한다. 어르신들의 낙상을 여러 차례 경험했던 나로서는 당연히 흥분할 수 밖에 없다. 어르신들에 있어서 건강의 최악은 낙상이다. 낙상을 어떻게 처리했을까 하는 궁금증이 크다.

연세가 100살 넘는데 하고 걱정했다. "인간극장"은 그 사건이 발생하고는 끝났다. 다음날인 오늘 그 시간에 "인간극장"을 보니 어르신의 이마에 반창고를 붙이고 있다. 어르신은 어깨가 아프다며 며느리한테 호소하는데 며느리는 병원에서 의사가 괜찮다고 한 이야기 들으셨죠? 하고는 무시해 버린다. 같이 생활하는 고부의 사정을 며느리가 잘 아니 그냥 넘기는 것 같다. 그리고 얼마나 답답할까? 하는 생각이 들었다. 며느리도 무릎 연골이 아파 인공 뼈를 이식했다고 한다. 서로 힘든 상황에 짠한 생각이 들었다. 그래도 어르신의 낙상에 대해서는 대처가 좀 석연찮은 여운이 남는 것은 어쩔 수 없다.

# 7. 무엇을 하든 초심을 유지해라

　가수 하춘화가 KBS 아침마당에 오늘(2017.12.6) 출연했다. 유명인들은 마주 대하든 TV에서 보든 진지하기보다는 대충 본다. 하춘화는 1992년 여름쯤 무슨 일인지 기억에는 없지만 보건사회부 기자실을 방문해서 자신의 사업을 설명한 적이 있다. 이때 처음으로 가수 하춘화를 가장 가까이에서 본 것 같다.

　오늘 하춘화가 출연한 프로그램은 무명가수 다섯사람이 경합을 벌여 5승한 사람이 가수로 첫발을 딛고, 유명 작곡가의 곡을 상품으로 받는 프로그램이다. 하춘화가 출연 가수 지망생들에게 들려준 말이 나의 가슴에 다가왔다. 하춘화는 "나는 초심을 잃지 않기 위해 가수를 시작하면서 처음으로 불렀던 노래를 자주 듣는다."고 했다. 그 이유는 "그때 자신의 음색이나 열정이 노래에 배어있기 때문"이라고 설명했다.

　하춘화가 지망생들에게 들려준 이야기를 들으면서 "초심"이란 단어가 새롭게 다가왔다. 오늘은 내가 처음으로 사업을 시작해서 딱 2년이 되는 날이다. 공사 기간까지를 생각하면 2년 몇 개월이 된다. 그런 나에게 "초심"이라는 단어는 흩어질 수도 있는 자신을 붙잡아 주는 이야기로 들렸다. TV를 보면서 감동으로 눈물을 흘리는 것은 흔하지만 일과 관련해서는 처음이다.

내일이면 이 사업을 시작한 뒤 3년째로 접어든다. 초심을 염두에 두고 흔들리지 않고 앞으로 정진하는 것은 중요하다. 사업하는 사람에게서는 초심을 되돌아보면서 힘을 얻기도 한다고 한다. 초심을 잃지 않고 그 생각, 그 정신을 계속해서 떠 올리며 일을 추진해 가는 것은 중요하고도 중요하다.

내 책장에는 2년 전 센터 설립을 준비하면서 모아둔 자료들이 꽂혀 있다. 그 자료들을 넘겨보면서 준비하던 그때를 회상하기도 한다. 4~50년 동안 무대를 장악해 온 유명 가수가 자신의 초심을 지키기 위해 맨 처음 무대에서 부른 노래를 듣는다고 고백하는 것은 자신을 더욱 빛내기 위한 "내강외유"라는 생각이다. 사회복지에서는 이를 자존감의 회복 또는 유지로 설명한다. '초심'으로 자신의 자세를 흐트러지지 않도록 하려는 끈질긴 노력이라는 생각을 한다. 초심을 잃지 않으려는 자세는 자신을 지키는 일이고 자신을 한 단계 성장시키는 동력을 얻어내는 시도라는 생각을 한다. 자신이 시작하고 즐기고 성장시키기 위해서는 '초심'을 잘 간직하고 반복해서 연상하는 것은 중요하다. 이를 강조하는 것에 게을러서도 안 된다는 생각을 한다.

6장

/

# 사랑하기에 고민하고 흥분한다

# 1. 코로나가 우리를 겁박합니다

코로나19 사태가 2년째 계속되고 있다. 어르신들을 돌보고 있는 나로서는 매일 매일이 긴장의 연속이다. 긴장하는 주제는 2가지다. 하나는 어르신들의 감염 여부다. 주변에서 어디 어디 센터가 감염됐다는 언론 보도가 나오면 긴장한다. 점점 압박해 오는구나 하고, 직원들을 단속하고 어르신들의 보호자에게도 상황을 설명하면서 개인 방역, 가정 방역, 센터 방역, 사회 방역 등등 코로나19 이후에 등장한 신조어를 설명한다.

직원들이나 보호자들도 대체로 잘 따라주어서 다행이다. 상황의 엄중함을 서로 느끼기 때문일 것이다. 자신의 건강이 가족의 건강함으로 센터의 동료나 어르신으로 연결되기 때문이다. 접촉이 확진으로 이어신다는 사례에 대한 보도를 통해서 잘 알고 있기 때문이다.

또 하나는 센터에 입소한 어르신들이 줄고 있다. 코로나의 위험으로부터 가능하면 피하려고 서울보다 사람접촉이 널한 고향으로 떠난다. 최근 고향에서 쉬다가 오겠다는 어르신들의 전화가 자주 온다. 고향보다는 서울이 더욱 안전할 텐데 고향으로 가신다.

어떤 어른은 고향으로 가기를 거부하는 어르신도 계시다. 코로나를 대하는 어르신들의 입장은 가정마다 다른 것 같다. 아마도 백신 접종이 시작된 것과도 관련이 있는 듯하다. 방역 당국이 강조하는 개인 방역의 시작은 기초다.

마스크 사용하고 항상 손을 씻는 것은 국민학교 시절부터 학교에서도 강조한 보건교육이다. 이처럼 강조되자 감기 등 5~6가지의 약을 약국에서 찾는 사람이 없다고 한다. 국민학교 때 선생님들이 강조한 보건생활이 그만큼 중요하다는 사실을 새삼 깨닫게 된다. 코로나가 일상생활에서 개인위생의 중요함을 강조하는 계기가 됐다. 코로나 상황은 전국민을 대상으로 개인위생의 중요함을 교육한 현장이었다.

물론 코로나는 많은 재정과 의료진의 헌신과 고단함, 공포라는 수업료를 지불했다. 평상시 보건교육과 중요함을 새삼 느끼게 한 수업료가 재정으로 지출되었다. 하지만 슬프다. 이를 위해서 얼마나 많은 인명을 그리고 재정을 소비했는가? 역시 유비무환만이 최고다.

# 2. 정리하라

    몇일전 대학교에서 총장을 역임하신 지인이 옆집 사정을 정리해서 보내셨다. 모 대학 학장을 지낸 분이 같은 아파트 같은 동 옆집에 살았다. 지인은 같은 교회를 다녔고 얼마 전 부인이 사망했다. 근처에 사는 사위가 주일마다 자동차로 교회로 모셨다. 그런데 그 사위마저 무슨 일인지 사망했다. 주변에 하나, 둘 사람들이 떠났다. 어느 날 그분의 사진과 책, 책장 등이 아파트 앞에 쌓였다.

    그분도 돌아가신 것이다. 그분과 같은 교회를 다니고 있어서 사망 소식을 들었다. 사망 소식을 들은 뒤 거주지인 아파트 앞에서 사진까지 굴러다니는 상황이 안타깝다는 사연이었다. 총장님도 사모님이 소천한 후 기력이 많이 쇠해졌다. 주변에서 일어나는 일들에 대해서 민감하게 반응할 수밖에 없는 상황이다.

    총장님도 이제 주변 정리를 하신단다. 그동안 보았던 책도 가구들도 자신이 떠난 후로 그 가치를 알 수 없다. 주인을 다시 잘 만나면 모르겠지만 ……

    총장님의 메시지를 받은 후 나도 이제 정리하려고 한다. 1년 전쯤 1톤 트럭으로 가득 책을 처분했다. 그래도 8개의 책장이 남아있다. 이제

1개만 남겨두고 버리려고 한다. 책장은 시흥에 있는 목재상에 가서 두께 30mm 송판을 사다 직접 조립한 것이다. 그만큼 튼튼하게 조립했다. 책장 몇 개는 해체해서 CBS 은퇴 후 설립한 "목동중앙데이케어센터"의 수면실 바닥을 조립하는데 사용했다.

그리고 남은 널판자는 베란다에 세워져 있다. 송판 몇 개는 서천 마산면에 있는 논 귀퉁이에 하우스를 만들고 그 안에 탁자와 의자를 만들었다. 책장 8개 중 7개의 책장을 해체하면 또 널판자가 생긴다. 이제는 버려야 할 곳을 찾아야 한다. 버리는 것도 정보와 지혜가 필요하다. 책도 버리는 것을 염두에 두고 모아야 한다는 지혜가 필요하다.

책을 모으는 것보다는 인터넷상에서 책을 처리하는 새로운 방법이 필요하다고 생각한다. 이렇게 보면 나도 책을 손으로 만져야 만족하는 구습을 가진듯하다. 구습은 만지고, 보이고, 맛을 느끼고 해야 만족하는 스타일이다. 이제는 컴퓨터 공간에서 정보를 확인하는 시대, 그 환경을 순수하게 받아들여 수용해야 한다.

쉬 접근할 수 없는 새 시대, 새 방법에 나도 시나브로 순응해 나가야 한다고 생각한다. 하지만 책은 정리할 것을 전제로 모으는 것은 아니다.

# 3. 한심하기도 하고 괘씸한 친구 아들

2022년 11월 초에 친구 아들이 청첩장을 보내왔다. 자신의 청첩장을 직접 보내와서 이상했다. 아들이 결혼하면 친구가 청첩장을 보내는 것이 상식이어서 그 이유가 궁금했다. 그 친구는 작년 4월인가 문자를 보내왔다. 내용은 "췌장암으로 고생한다"는 내용이었다. 나는 만나고 싶었지만 코로나 시절이어서 병원을 방문하지 못하고 전화로만 통화를 했다. "잘 견뎌내고 코로나 조용해지면 얼굴을 보자"하고 전화를 끊었다.

그 뒤 감이 좋지 않아서 친구 아들에게 문자를 보냈다. 아버지 건강은 어떠신가? 하고, 아들은 "모르셨군요 하늘나라로 가셨다."고 감정 없이 간결한 답장이다. 서글펐다. 아빠 친구한테 부고를 보낼 생각은 하지 않고 청첩장 보낼 생각만 한 것이다. 한심하기도 하고 괘씸하기도 했다.

친구들이 내 주변을 떠나고 있다. 연락 좀 해주지 않고 서운했다. 후회도 됐다. 작년 문자 왔을 때 코로나 상황이더라도 찾아가 병문안하고 얼굴이라도 보고 올걸 아 이런저런 생각이 스쳐 지나갔다. 들었다.

그 친구는 소방업체를 운영했다. 내가 데이케어센터를 준비할 때 찾아와서 스프링쿨러를 완벽하게 설치해 준 친구다. 그 친구는 우리 센터 바로 앞에 지은 6층 60실 원룸의 소방설비를 갖췄다. 그 원룸의 건축주는 나를 볼 때마다 그 친구에 대한 칭찬이 자자했다. 나는 소방과 관련해서 의문이 생기면 수시로 친구에게 물었다. 나에게는 소방 분야의 선생이었다. 그 친구가 2021년 4월 30일 하늘나라로 갔다는 것이다.

친구 아들의 결혼은 주일이었다. 나는 주일날에 하는 모든 행사에 참석하지 않는 것이 원칙이다. 축의금을 보낼까 말까 고민하다 식장은 가지 못하고 계좌이체 했다. 그리고 친구 아들 카톡에 "아빠 핸드폰 전화번호로 청첩장은 보내면서 부음은 전하지 못했냐"고 한마디 하려다. 그만두었다.

사실 그 친구와는 학교 친구가 아니고 사회 친구여서 나를 기억하는 사람이 연락해 주지 않으면 알 수가 없다. 그래도 친구 아들에게 아버지 문상을 못해서 미안하다는 문자를 보냈다. 하지만 참으로 슬펐다. 그리고 답답했다. 친구에 대해서는 슬펐고 아들에 대해서는 답답했다. 친구의 모습이 눈앞에 선하다. 자기 어머니가 권가여서 나를 유난히 좋아했던 친구였는데...

# 4. 먼저 간 친구

　어젯밤 꿈에서 가자기 중학교 때 친구의 모습이 보였다. 왜? 오늘이 기일인가보다. 페이스 북에 1년 전에 올린 글이 나를 찾아왔다. 저렇게 하려고 그랬나? 안타까운 생각에 마음이 저민다. 친구는 재산이 상상 할 수 없을 정도로 많았다고 한다. 스스로 조 단위라고 했다. 그래서인 지 그 친구는 격을 따졌다.

　나는 그 친구를 볼 때마다 이런 생각을 했다. 친구는 나를 자신이 생 각하는 격에 맞아서 만나고 그렇게 자주 전화하고 민원을 부탁했나 하 는 그런 생각. 아무튼 그는 하늘나라로 갔다. 언젠가 나도 가겠지만 안 쓰럽고 좀 아쉬운 부분도 있다.

　재산이 얼마나 되는지는 모르지만 사회복지 분야 특히 어린이/청소 년문제에 관심을 가저달라고 만날 때마다 부탁했었는데 반응은 없었 다. 지금 생각해 보니 내가 그 일을 하고 있다. 나는 기회가 주어진다면 미혼부/모 문제, 어린이/청소년문제와 어르신들의 문제를 한 장소에서 함께 하고 싶었다. 특히 미혼부/모와 그 자녀들에 대한 문제는 저출산 대책과도 연계된다. 특히 미혼모들의 경제활동을 위해 사회복지나 요양 보호사, 간호조무사, 물리치료사 자격을 취득한다. 그들이 함께 운영하는 요양원이나 데이케어 등 장기요양기관에 취업시켜 생활이 가능하도록 돕는다.

어린이들도 가능하면 공동체 안에 학교를 세워 학습하도록 하고 자원봉사 활동을 통해 복지사회의 구성원으로 역할하는 재원으로 양육한다. 어르신들은 센터 내의 어린이들과 청소년들을 도와주기도 하고 하도록 한다. 대략적인 개념이다. 구체적으로는 복잡하게 갖춰야 하는 문제들은 엄청난 재원이 필요하기 때문에 내 생전에 가능할지는 모르겠다.

친구에게 이렇게 대략적인 이야기를 했었다. 그랬더니 자신도 나와 비슷한 생각을 한다고 했다. 하지만 최소한 한 달에 한 번 이상 만나 식사하며 이야기를 나눴지만 구체적으로 나에게 제시한 청사진은 없었다. 먼저 간 그 친구는 말이 없지만 이런 나의 꿈을 실현시킬 수 있는 유일한 친구였다. 그래서 더욱 안타깝다.

하지만 나는 이 꿈을 지워버린 적은 없다. 이제 내 나이 70이 되어 가지만 내 평생에 간절한 마음으로 간절하게 간구해 간다면 이루어지지 않을까? 그런데 지금도 궁금하다. 그 친구가 갑자기 꿈에서 까지 나타났을까? 나는 꿈을 거의 꾸지 않는 사람인데 그 친구가 갑자기 꿈속에 나타난 것은 무슨 할 말, 아니면 미안해서, 그래서 온 걸까? 모를 일이다.

# 5. 안타까운 일들

　내가 알고 있는 88세 어르신이 계시다. 침으로 일가를 이룬 분이다. 내가 목 디스크로 고생할 때 그 어른을 만나 희망적이었다. 통증은 있지만 심할 때보다는 훨씬 좋아졌다. 그분은 침 분야에 있어서는 내가 만난 누구보다도 가장 우수하고 논리적이고 박식했다. 그 어른의 고향은 전북 정읍이다. 초등학교를 졸업하고 검정고시를 거쳐 중학교를 졸업한 뒤에 면 소재지 면서기로 일했다. 어깨 너머로 침도 배웠다. 그 침이 특효를 발휘했고 사람들이 몰려들었다.

　그동안의 이야기를 종합하면 암이나 당뇨, 통풍 등 불치병으로 알려진 질병을 치료한 이야기도 들려주셨다. 그 훌륭한 침술을 아들 대에서는 지나가고 손자들에게 전수하려 했다. 하지만 손자는 한의대가 아닌 의대로 진로를 변경해 어른의 의술이 끊기게 될 운명이다. 손자가 의대로 진로를 변경하게 된 이유는 며느리의 권유 때문이라고 한다. 한의원은 점점 줄고 있는 상황이기 때문이라는 며느리가 선택한 손자의 진로라고 생각하지만 어르신은 서운한 심정을 감추지 못했다.

　그 어른은 자신을 따르고 나도 잘 아는 김모씨에게 침술을 전수했다. 김모씨는 나를 그 어른에게 소개한 사람이기도 하다. 그 어른은 손님을 쉽게 받지 않는다. 침술사 자격이 없는 무자격 침술사다. YS 때는 주변 한의원의 고발로 형을 살기도 했다. 하루에 많을 때는 한약을 300재 정도 탕을 끓였다고 한다. 자격증 없이도 이렇게 번창했으니 주변에서 샘을 내지 않았을까 하는 생각이 든다. 이런 사정으로 어른은 손님을 골라서 받았다.

그 어른에게는 3남 4녀의 자제들이 있지만 그 어른은 혼자다. 가족관계가 복잡하다. 침술로 재산을 늘려 넓은 저택에서 살았다. 내가 드나들 때는 단독주택이었는데 그때는 아들과 며느리가 나와서 반갑게 맞아 주었다. 집을 5층으로 재건축하면서 아들과 며느리는 본 척도 하지 않는다. 어르신에게 좀 "이상하네요" 했더니

"내가 아들놈 한테 속았어" 하신다.

"왜요" 하자마자

집 명의를 큰아들 명의로 해 달라고 하도 매달려서 해 줬더니 명의가 이전되자마자 집을 나가라고 한단다. 어른은 5층까지 올라오기 힘드니 1층 방을 달라고 했더니 나가라며 들은 척도 하지 않는다. 언젠가는 아들을 다시 낳고 싶다고 할 정도로 실망스러워하셨다.

그 어른은 오늘(2017년 11월 7일) 고향 정읍으로 떠난다. 지난주일(5일) 마지막으로 어르신 댁을 방문해 침을 맞았다. 방안에는 정읍으로 옮겨갈 짐으로 가득하다. 어른 혼자서 챙겨놓은 짐들이다. 아들 며느리는 관심조차 없다며 눈물을 글썽이며 신세를 한탄하셨다.

어른은 시골에서 사용할 침대 2개를 목공소에 주문 제작해서 정읍으로 가져가신다. 그 차에 자신의 짐들까지 실어서 함께 간다. 그래도 자식들에 대한 정이 있다. 딸 넷이 생신날이면 40만원씩 보내준다며 소

득이 없는 농촌 생활에 한 가지 희망을 걸고 계셨다. 가장 시급한 것은 관공서로부터 생활비를 보조받는 일인 듯하다. 그 일을 도와 줄 사람이 고향 이장인데 자신의 5촌이란다. 그런데 5촌이 무엇이 불만인지 자신과 틀어졌다고 한다. 5촌을 설득해서 관으로부터 지원받는 일이 최우선이라며 걱정이 태산이다. 시골에서 침술은 생각하지 않고 있다.

어른을 보면서 재산은 반드시 죽을 때까지 쥐고 있어야 한다고 생각한다. 얽힌 매듭은 가능하면 그 당시에 풀어야 한다. 또 기술이 좋으면 그것을 잘 유지하기 위한 행정적인 자격을 가져야 한다. 어른을 보면서 터득한 교훈이다. 오늘 떠나는 어른은 장수하실 것이다. 아무쪼록 자식들과의 관계도 잘 풀려서 행복한 가정이 회복되기를 기도한다.

# 6. 기억에서 사라지는 두려움

아이는 배가 고프면 운다. 엄마에게 고픈 배를 채워달라는 강청強請이다.

아이는 자신의 주변에 누군가가 있기를 원한다. 그래야 자신이 필요한 것을 채울 수 있기 때문이다. 혼자 있는 것이 두렵다.

사람은 성인이 되어도 살아가면서 호불호에 대해 민감하다. 나이가 들면 시간의 한계로 인해서 주변에서 가족이나 친척이나 친구들이 하나둘 떠난다. 자연적으로 혼자가 되어간다. 이것은 모든 인간에게 적용된다. 피할 수 없는 일이다.

중학교 3학년 때 담임 선생님은 2학년 때부터 우리에게 영어를 가르쳐주셨다. 무섭게 가르치셨다. 영어 숙제를 안 해 오면 몽둥이로 다스렸다. 항상 가지고 다니는 몽둥이 아니 회초리는 2종류가 있었다. 하나는 대나무 뿌리를 다듬어서 불에 구운 것과 또 다른 것은 망개나무(부여에서는 멍가 나무라 했음) 뿌리를 다듬어 말린 것이다.

회초리를 휘두르면 획획하고 바람 소리가 났다. 단어의 개수나 문장 암기 숫자에 따라 맞는 회초리 개수는 달라진다. 남녀학생 불문이었다. 치마를 입은 여학생은 물론 예외가 예외가 없었다. 창피당하지 않으려면 밤을 새워 완수해야 한다. 무서워서 공부해야 하는 것이다. 선생님은 우리 아버지의 친구여서 더 맞아야 했다. 우리 아버지께서 특별히 부탁하셨다고 한다. 내가 숙제를 해 오지 않으면 다른 아이들보다 10대를 더 때리라고 하셨단다.

요즘 같으면 학교가 뒤집힐 일이다. 나는 선생님이 두려워서 숙부가 중학교 입학 축하 선물로 사다 준 얇은 콘사이스를 통학길 30리 길을 걸으면서 통째로 암기했다. 그러니 왕복 60리를 걸어 다녔다. 그 단련된 다리로 70가 가까운 지금 나이까지 건강하게 버티는 것 같다.

나는 1971년에 충남 부여 홍산중학교를 졸업했다. 입학할 때 420명이던 친구들이 졸업할 때는 389명이었다. 그 사이에 서울과 대전 등지로 전학해 간 것이다. 졸업 후 50년이 지난2010년 우리를 가르치셨던 선생님 6분을 모시고 사은회를 열었다. 친구들도 전국에서 300명 가까이 모였다. 선생님 한분 한분으로부터 말씀을 듣는 시간을 가졌다.

가장 기억에 남는 선생님의 말씀은 중3 때 담임이셨던 그 무시무시한 영어 선생님이었다. 선생님은 주창신 선생님이다. 선생님이 마이크를 잡자마자 친구들은 숙연해졌다. 중학교 영어 시간이 생각나서일까? 선생님은 또박, 또박 말씀을 이어 가셨다. "내가 살아보니 내 주변에 있던 사람들이 하나, 둘 내 곁을 떠나가더라. 가족도, 친구도 하나, 둘 떠나더라. 나중엔 나 혼자 남을 것 같더라. 그러니 여러분도 혼자 될 때를 대비해서 혼자서도 즐길 수 있는 취미를 찾아보라고" 하셨다.

나는 다음 해인 2011년 스승의 날에 유성 호텔에서 사은회에 참석하신 선생님 6분 중 5분을 모시고 식사를 대접했다. 나는 담임 선생님께서 사은회장에서 하신 말씀을 떠올리면서 선생님은 시간을 어떻게 지내시냐고 여쭈었다. 선생님은 대전 유성에 100평 정도 비닐하우스를 마련해서 그곳에서 난이나 석부작을 만들면서 난과 대화를 나눈다고 하셨다.

당시 사모님은 인지저하증으로 요양원에 계셨다. 선생님은 일주일에 3일씩 요양원을 방문하셨는데 다녀오면 힘이 빠진다고 하셨다. 갈 때마다 사모님이 "당신 누구냐"고 묻는다는 것이다. 선생님은 사모님이 인지저하증을 이해하는데 그래도 나아지기를 기대하셨다고 한다. 나아지지 않는 부인을 보고 누워만 있는 모습에 힘이 빠진 것이다.

선생님은 무서운 췌장암 수술을 받으셨는데 15년 더 사시고 2022년 소천하셨다. 선생님도 결국 내 곁은 떠나셨다.

선생님의 결론은 혼자 있는 것이 두려우면 즐길 것을 찾아라. 기억에서 사라지지 않도록 미리 준비하는 것이 중요하다. 기억에서 사라지면 다양한 부작용이 발생한다. 그러므로 혼자 있어도 보람차게 생활할 수 있도록 준비해야 한다.

나는 아이들에게 결혼하면서 노후를 준비하라고 했다. 결혼에 취하면 먼 후일을 의식할 수 없다. 그러므로 항상 염두에 두고 생활하는 자세가 필요하다. 결혼하고 출산하고 집을 마련하고 경제적으로 벅찬 일들이 많다. 그럼에도 이제는 젊은 시절부터 노후를 준비해야 한다는 사전교육이 필요하다. 연금제도가 있지만 만족스럽지는 않다.

# 7. 치성, 그 간절함이 기적을 이루나

어릴적 장독대에서 어른들이 북쪽을 향해 기도하는 모습을 많이 봤다. 주로 할머니들이 주인공이다. 할머니들은 가정 내 일어나는 모든 일들이 그 기도의 주제였다. 어른들은 집안에도 신이 있다고 생각한다. 안방에는 집안의 가장을 지켜 준다는 성주신... 대청마루에는 자녀를 점지하고 집안을 번창시키는 삼신...부엌에서 아침마다 정안수를 떠놓고 기도하며 소원을 이룬다는 조왕신...등등

장독대는 음식의 맛을 내는 장류가 있다는 점에서 중요하다. 간장, 된장, 김치 등 살아가는데 빼 놓을 수 없는 음식들을 저장 또는 보관하는 신성한 곳이다. 며느리가 장독대 관리를 허술하게 하면 쫓아낼 정도였다.

장독대에는 천룡이 있다고 믿었다. 천룡은 신의 소식을 전달해 주는 사자나. 그래서 천룡을 집안의 수호신으로 믿었다. 집안에 갑자기 구렁이가 나타나 빠져나가면 수호신이 사라져 집안이 망하는 징조로 여겨졌다. 통신수단이 덜 발달했던 과거에는 자녀들의 생일이 되면 아래목에 깨끗한 볏집을 깔고 미역국 등 생일상을 차려놓고 기도를 올렸다. 70년대 자식이 월남전에 참전한 가정에서는 매일 그렇게 상을 차렸다.

정한수는 생명의 상징이다. 정한수는 흐르는 물을 사용했다. 흐르는 맑은 물이 없는 경우에는 저장된 깨끗한 물을 사용했다. 정한수는 신에게 바치는 최고의 공물이었다. 정한수 다음으로는 술, 다음으로는 탁주를 이용했다. 하늘의 천신에는 맑은 물, 맑은 술을 토지신이나 산신에게는 청주를, 조상신에게는 탁주를 올리기도 했다.

따라서 장독대는 집안의 수호신인 청룡이 자리하는 곳이다. 청룡이 자리한 장독대에 최고의 공물인 맑은 물을 올려놓고 일원성신日月星辰 북극성을 바라보며 기도를 드렸다. 이렇게 치성을 드리는 전통적인 종교를 칠성기도七星祈禱라고 한다.

북극성까지 거리는 대략 680광년이라고 한다. 북극성까지 1초에 30만km의 광속으로 680년 동안 가야 한다는 것이다. 반대로 생각하면 우리가 지금 보는 별빛은 680년 전에 북극성을 출발한 빛이라는 설명이 된다. 그렇다면 우리가 보는 북극성의 별빛은 이성계가 조선왕조를 창업한 1392년쯤 북극성을 출발한 별빛이 된다.

이것으로 영험함이 설명될까? 정지된 별인 북극성이 영험하다면 세상에 치성을 드린 모든 사람들이 복을 받았을 것이다. 우리가 바라보는 북극성 별빛은 680년 전에 출발한 빛이라는 것은 과학적으로 간단하게 설명이 된다. 여기에 영험함이 있을까? 그 빛이 신적인 영력을 발휘할 수 있을까? 궁금하다.

# 8. 유모차乳母車, 견모차犬母車 묘모차猫母車?

우리나라 인구절벽은 전 세계적인 관심사가 됐다. 먹고사는 문제를 일부분 해결하기는 했다고 한다. 그래서 원조받는 국가에서 원조하는 국가로 위상이 높아졌다. 물론 그 과정을 거쳐온 세대별로 나름의 고난과 땀과 열정을 보낸 것은 사실이다. 그런데 인구절벽에 부닥치고 말았다.

먹고 살기 위해 경제 발전 과정을 거치면서 가족제도가 급격히 변했다. 대가족 사회가 핵가족으로 그리고 1인 가정으로 변했다. 대가족사회가 농업사회를 유지하기 위해 존재했듯이 핵가족이 산업경제 수단을 따라간 것이다. 가정의 숭요성은 사라지고 수입을 생각하고 나만 편하면 된다. 젊은이들에게 물어보면 나 혼자 살기 어렵다고 한다.

각종 미디어를 보더라도 재벌이나 탤런트, 개그맨, 축구선수, 가수 등에 대한 수십억의 현금으로 아파트나 건물을 구입한 뉴스가 중개하듯 나온다. 이를 지켜보는 젊은이들은 어떨까? 그래서 학생들이 주식도 하고 국내뿐만 해외 유명 기업의 주식에 투자하기도 한다.

반면에 대가족이나 다산 가정 등에 대해서는 가물에 콩 나오듯 하다 사라진다. 더욱 심각한 것은 사람과 사람 사이에 느끼는 정보다 동물과 나누는 정이 깊어지고 있다. 동물과 정을 나누면서 반려동물의 보호자를 자처하는 반려 가정이 증가하고 있다.

국민 4명 중 1명은 개나 고양이를 기른다고 한다. 농림수산부에 따르면 반려동물 시장도 2027년에는 6조원에 달할 것으로 전망했다. 관련 산업도 증가하고 있다. 동물병원과 사료나 각종 용품을 판매하는 가게도 증가하고 있다. 수명을 다한 반려동물을 장례하는 장례식장과 묘지도 성업이라고 한다. 동물을 좋아하는 젊은이들은 반려동물 시장으로 진출하기 위해 대학교에 개설된 관련학과에 입학하기도 한다.

개나 고양이 등 반려동물을 기르는 가정이 1천에 이른다고 한다. 시장에 있는 반려동물 용품가게를 보면 항상 사람으로 북새통인걸 보더라도 반려인구가 많음을 느낄 수 있다.

유모차에 아이가 아니라 강아지나 고양이가 앉아있는 것을 보면 나는 개인적으로 한심함을 느끼는 이유는 나뿐일까? 어쩌다 우리 사회가 사람이 아닌 동물로부터 위로를 받는 사회가 되었을까?

# 9. 아들은 군 면제, 사위는 군 필

남아선호사상은 남성들의 전유물처럼 보이지만 사실은 여성들에게서 시작하는 것 아닐까? 생각한다. 국방부 출입기자 시절 어느 정치인 자제의 병역문제로 사회가 시끌벅적했던 때가 있었다. 병역문제에서는 아버지보다 어머니가 나서는 경우가 내 경험으로는 거의 전부였다.

이 경우 어머니들은 아들을 군대에 안 보내려고 브로커를 찾는다. 그런데 사위를 구할 때는 군필자를 구한다. 결혼을 위해 부모님을 찾아가면 묻는 질문 중에 군대는 다녀왔느냐도 질문 중 하나다. 특히 사위를 맞이할 때는 더욱 그렇다.

그런데 아들이 군에 가는 것이 그렇게 누렵고 수저할 대상인가? 그러면서 사위를 맞이할 때는 군대를 반드시 다녀와야 한다는 생각을 가질까? 당신의 아들도 어느 집의 사위 아니던가? 참으로 아니러니한 일이 아닐 수 없다. 지신의 자식만을 생각하는 것이 아닌가? 자식은 고생해서는 안 된다는 생각, 남의 집 자식이 고생하든 말든

저출산 시대에 여성의 입대가 관심으로 부상하고 있다. 실제로 여성들의 군 입대도 점차 늘고 있다. 어느 대기업 딸이 해군사관학교에 입학한 뒤 장교로 함정에서 근무하고 해외파병까지 다녀온 미담도 있다. 여

성이기 때문에 더욱 관심을 가진 것으로 볼 수 있지만 좋은 사례가 되지 않을까 생각한다.

우리나라 인구가 점차 줄어들고 있다. 전 세계에서 가장 빠르게 인구가 줄고 있는 나라이기도 하다. 이는 결혼 적령기의 남녀가 결혼하지 않거나 결혼을 하더라도 아이를 낳지 않기 때문이다. 그래서 2100년대에는 대한민국이 지도상에서 사라진다는 예측도 나오고 있다.

저출산의 문제는 인구 대국 중국도 심각한 문제로 거론되고 있다. 소득이 증가하면서 사람들이 개인주의화 되어 가고 있는 것이다. 이것은 우리나라만의 문제가 아닌 것 같다. 자기만 편히 살면 되고 부양가족이 생기는 것을 부담스러워 한다. 그래서 인구가 줄고 있다.

세계 인구 대국은 이제 중국에서 인도로 넘어갔다. 중국에서 인구가 줄어들고 있는 이유는 무엇일까? 13억이 넘는 인구인데 줄어드는 속도가 너무나 빠르다. 우리도 산아제한이란 단어가 사라지기가 무섭게 저출산 문제가 거론됐다. 증가하는 속도와 감소하는 속도가 반비례하는 것처럼 보인다.

인구가 증가할 때는 위기란 단어가 등장하지 않았다. 감소할 때하고는 달랐다. 증가하는 것은 쉽게 대책이 나왔지만 감소할 때 대책은 세심하고 구체적이어야 한다. 이러한 경험을 앞서서 한 나라가 전 세계적으로 없는 것이 문제다. 우리나라가 처음이다. 그래서 가장 많이 거론되는 것도 대한민국이다.

인구가 감소할 때는 노동인구 문제와 부양 문제가 거론된다. 출산률이 떨어지는 이유는 무엇일까? 젊은이들의 소득문제와 주거문제가 가장 직접적인 원인일 것이다. 소득과 주거는 연결되어 있는 문제이기 때문에 이런 키를 정부가 해결하면 문제는 해결될 것으로 보인다. 이렇게 긍정적로만 볼 수 없는 한계도 분명히 있다.

어느 인류문화학자는 세계 인구가 97억명에서 하향변곡점을 맞을 것으로 예고했다. 현제 자구촌 인구는 대략적으로 92억명이다 그 시점도 몇 년 내다. 우리는 위기 때마다 잘 견뎌왔다. 저출산문제도 그렇게 잘 지혜롭게 견뎌 낼 것으로 기도한다.

# 10. 저 출산의 대안은 대가족사회? 어렵다.

　우리는 3대가 살았다. 어머니와 우리 부부, 그리고 작은아들, 큰아들은 유학 중이다. 3대가 함께 산 것은 그리 오래되지는 않았다. 아버지 돌아가신 후 87년 서울로 오셨던 어머니가 언제부턴가 시골 타령을 하셨다. 2010년 고향집 바로 아래 동생이 구입한 밭에 30평 규모의 흙벽돌 집을 지었다. 그곳에서 어머니는 비교적 만족스러운 생활을 하셨다. 젊은 시절 함께 살았던 마을사람들이니 쌓인 정도 많았던 모양이다.

　그런데 2016년 가을 사무실에서 일하고 있는데 동생한테서 전화가 왔다. 어머니가 화장실에서 낙상하셨단다. 119에 연락해서 대전 건양대 병원에 입원하셨다. 부랴부랴 대전으로 왔다. 어머니는 건양대 병원 응급실에 계셨다. 병실이 없어 응급실에서 기다리고 계셨다.

　의사 선생님을 찾아갔다. 어머니는 척추 2번 뼈에 금이 갔다고 한다. 병원에서 특별하게 할 일은 없다고 한다. 움직이지 말고 안정을 취해서 금이 간 뼈가 붙어야 한다고 한다. 어머니 아프시다는데 참으로 한심했다.

　2010년 시골에 가신 어머니는 평소대로 새벽 4시면 일어나서 새벽 예배에 참석하셨다. 이날도 교회에 갈 준비를 하다 화장실에서 미끄러지셨다고 한다. 어머니는 그 정신에 119에 전화를 직접 하셨다. 두 시간 가까이 걸리는 대전에 있는 건양대 병원으로 가셨다.

건양대 병원에 한 달가량 계셨다. 병원에서는 할 일이 없다며 다른 병원으로 옮겨달라고 요청했다. 하는 수 없이 서울로 모시기로 했다. 당산동에 있는 재활전문인 성모병원으로 옮겼다. 요양병원이었다. 재활시설도 비교적 좋아서 어머니는 잘 적응하셨다. 10개월 정도 요양병원에서 계셨다. 오전과 오후에 각각 1시간씩 재활 운동을 하셨다.

요양병원 원장은 옮겨도 좋다는 의견을 듣고 우리 집으로 모셨다. 그렇게 3대가 살기 시작했다. 어머니가 집으로 오신 뒤로는 함께 살던 작은 아들의 신경이 무척 날카로워졌다. 가끔씩 독립하겠다고 호소했다. 이제 30이 넘었으니 결혼해서 독립하라고 했다. 결혼에 대해서는 언급이 없이 독립만을 강조했다.

아들은 그러다 일하는 사무실 근처에 원룸을 구해서 독립했다. 원룸 구하는데 부족한 돈은 채워주었다. 차용증을 확실하게 받으라고 집사람에게 했다. 부모자식 사이에 차용증이 웬 말이냐라고 할 수 있지만 큰아들이 있고 증여의 문제와 세금 문제도 있으니 그런 만약의 경우에 대비해야 하기 때문이다.

독립하는데 조건은 단 한 가지만 달았다. 주일날에는 반드시 아빠와 함께 교회를 가는 것이다. 주변에서는 양보하라고도 하지만 양보할 일은 아닌 것 같다. 아직은 잘 지키고 있다. 친구들이 장가가거나 해외에 출장을 가거나 하면 빠지기도 한다. 나는 주일에 친구들의 혼사에는 참석하지 않는다. 그게 나의 원칙이다. 그런데 자식의 경우를 강제할 수는 없어 허용하고 있다. 언젠가는 스스로 깨달을 때가 있을 것 같아서다.

결혼도 할 모양이다. 어느 날 여자 친구 집에 인사드리고 왔다고 한
다. 엄마 아빠한테도 인사하러 온다고 한다. 듣던 중 가장 반가운 이야
기다.

# 11. 요즘 출생률이 문제가 아니라 정부 대책이 문제다

여성들 앞에서 출생률 문제를 이야기하면 왜 여성들의 문제로 비약하나며 흥분한다. 출산분야를 연구하는 학자들은 예산이 부족하다고 예산 타령한다. 근본적인 문제보다는 주변부의 문제들로 자신들의 입장만을 반영하려는 모양새다. 하지만 정부가 출생 장려 차원에서 투입한 정부예산을 보면 전문가라는 사람들의 비전문성을 확인할 수 있다.

2006년부터 2017년까지 10년 동안 저출산 대책으로 지출한 예산이 200조원이다. 지금까지 들어간 예산이 300조라는 이야기도 있다. 반면에 합계출산율은 2006년 1.12명에서 2017년 1.05명으로 오히려 낮아졌다.

전문가들은 투자했기 때문에 더 낮아질 수 있는데 이를 방지했다고 주장할 수도 있다. 2018년 26조원, 2019년에는 27조원을 요구하고 있다. 밑 빠진 독이다. 돈으로 출산 문제를 해결하겠다는 발상은 우리 성서에 맞지 않는다. 그 많은 예산을 어디에 사용했는지도 문제. 핵심사항을 파악해서 집중적으로 지원해야 한다. 정부의 출산장려 예산을 보면 모든 부처에 분산되어 있다. 예산 나눠 먹기에 불과하다는 것이다.

미국 드라마에 심슨 가족이란 드라마가 있다. 그리고 월튼네 사람들이라는 드라마도 있다. 두 드라마의 지향점은 다르다. 심슨네 가족은 핵가족이다. 월튼네는 대가족사회다. 미국사회는 월튼네로 돌아가고 있다고 한다.

미국에서 대가족은 80년대 전체인구의 12.1%까지 낮아졌다. 2016년 현재 20%로 증가했다. 미국인 5명 중 1명은 대가족이다. 미국사회가 바뀌고 있는 것이다. 41대 미국 대통령 조지 부시는 1992년 후보 시절 선거 유세에서 우리는 심슨 가족보다는 월튼네로 돌아가야 한다고 강조했다. 이처럼 미국의 지성인들이 바뀌고 있는 것이다.

대가족을 지향했던 우리는 어떤가? 1970년대 23%에서 2016년 5% 아래로 추락했다. 천문학적인 예산을 투입하고 있는데도 그렇다. 우리는 먹고 사는 것을 해결하기 위해 핵가족을 지향했다. 그런데 그 결과는 가족의 해체로까지 확대되고 있다.

핵가족도 모자라 1인 독거 가정이 전체 가정의 50%를 육박하고 있는 상황이다. 우리는 가정에 대한 기본적인 개념을 다시 정립해야 한다. 가정 문제는 돈으로는 해결할 수 없다. 백약이 무효다. 돈보다는 가족 가치의 중요성을 깨달아야 한다.

다시 가정으로, 가족으로 돌아가야 한다. 대가족사회의 장점과 윤리와 지향점을 새롭게 정립하고 이론적인 근거도 제시해야 한다. 우리는 경험했다. 서울의 기적을 경험했고 그 유산을 세계시민들이 경험하도록 교육하고 있다. 이제 더 늦기 전에 가족의 소중함을 전통적인 개념으로 승화시켜 저출산 시대를 극복하도록 나아가야 한다. 그래야 인간이 로봇의 애완 대상으로 전락하지 않을 수 있다.

저출산 문제는 궁극적으로 당사자인 젊은이들에게 물어야 한다. 결혼적령기의 젊은이들에게 출산과 관련해서 어떤 생각을 가지고 있을까? 젊은이들은 교육문제, 주택문제, 취업문제 등을 주로 거론했다. 궁극적으로는 이 문제를 해결할 수 있는 것은 취업하는 문제다.

젊은이들에게 물어보면 천정부지로 오르기만 하는 주택문제만 해결된다면 결혼하여 아이를 낳을 수 있다고 한다. 정부는 저출산대책 예산으로 300조원을 사용하면서 합계출산율은 오히려 1%이하로 떨어졌다. 무엇이 문제인가? 목표가 무엇이었는가? 제대로 목표를 잡고 예산을 집행했는지 궁금하다.

# 12. 적극적으로 저출산 문제해결 나서야

우리 사회는 고령사회로 진입하면서 고령인구는 증가하고 저출산으로 아이들은 감소하는 인구문제에 있어서 불균형을 이루는 사회가 됐다. 고령사회를 지탱하기 위해서는 이를 받쳐줄 출산율이 높아야 한다. 정부가 많은 예산을 투입해서 출산율을 높이기 위해 노력을 펼치고 있지만 출산율은 오히려 감소하고 있다. 무엇이 문제일까. 고령사회를 우리보다 먼저 경험한 선진국들의 경험과 노력을 타산지석으로 삼아야 한다.

출산율을 높이기 위해서는 사회나 국가가 적극적으로 나서서 태어나는 아이들에 대해 책임지는 제도적인 장치가 마련되어야 한다. 태어나는 아이들을 가정에, 여성에게 맡기는 전통적인 사고에서 획기적으로 변화되지 않으면 해결할 수 없다.

미혼모와 미혼부에 대한 적극적인 배려도 있어야 한다. 미혼부도 미혼모도 아이를 돌보면서 경제활동을 하기에는 너무나 벅차다. 정부 차원의 적극적인 정책으로 아이를 돌보고 성장시킬 수 있는 시스템이 갖춰져야 한다.

저출산 문제는 어느 한 계층에게만 속한 문제는 아니다. 우리 사회

전반의 문제다. 제도적인 장치가 기본적으로 갖춰지지 않으면 해결은 요원하다. 낙태문제는 법적으로 합법화되는 쪽으로 가고 있다. 낙태에 대한 기본적인 통계가 없다. 그만큼 우리 사회가 낙태문제에 대한 심각성을 무시하고 있다. 통계가 없는데 낙태는 이뤄지고 있다.

통계가 없다는 것은 행정망에서 정리되지 않고 있다는 것이다. 불법적으로 이뤄지는 낙태가 많다는 설명이다. 어느 학자는 합법적으로 이뤄지는 낙태가 한 해에 34만여 건이라고 추정했다. 어린이를 양육할 수 있는 시스템이 잘 되어 있다면 낙태도 줄어들 것으로 생각한다.

정부는 출산율을 높이기 위해 저출산 문제를 해결하기 위해 300조 원 가까이 투입했다고 한다. 하지만 합계출산율은 오히려 감소해서 전 세계에서 최하로 떨어졌다. 출산율 문제에 있어서 세계적인 웃음거리로 전락했다.

출산율을 높이기 위해서는 정부가 나서서 혼인 대상인 젊은이들의 고민이 무엇인지를 우선적으로 파악해야 한다. 젊은이들이 제기하는 문제들을 적극적으로 해결하려고 노력해야 한다. 대체로 출산 뒤 양육 문세와 주서와 쥐업 문제 능일 것이다.

출산의 문제는 국가의 연속성과 관련이 있다. 백년대계라는 말이 있다. 백년대계는 출산문제 해결 없이는 불가능하다. 저출산 문제해결 없이 고령사회 문제를 해결할 수 없다. 국가가 석늑석으로 저줄산 문제해결을 위해 적극적으로 나서야 하는 이유다.